うわああああああああ
と、シン・ミッドランド様のお二人です！」

CHARACTER

Boku wa
Konyakuhaki
Nante
Shimasen
Karane

シン・ミッドランド

ラステール王国第一王子。
ゲームヒロインの攻略相手の一人。
セレアを守ると誓う。

ジャックシュリート・ワイルズ

子爵子息。
ゲームヒロインの攻略相手の一人。
ツンデレ担当。シンとセレアの親しい友人。

シルファ・ブラーゼス

男爵令嬢。
ジャックの婚約者。
シンとセレアの親しい友人。

パウエル・ハーガン

近衛騎士隊長の息子。
ゲームヒロインの攻略相手の一人。
直情的。リンスに強く惹かれている。

フリード・ブラック

侯爵子息。
ゲームヒロインの攻略相手の一人。
人嫌いな俺様クール担当。

セレア・コレット

公爵令嬢。
乙女ゲームの悪役令嬢。
10歳で亡くなり転生した少女。

リンス・ブローバー

男爵令嬢。
乙女ゲームヒロイン。
なぜかゲームイベントを熟知している元平民。

ハーティス・ケプラー

伯爵子息。
ゲームヒロインの攻略相手の一人。
優しい性格で癒し、インテリ系。

ピカール・バルジャン

伯爵子息。
ゲームヒロインの攻略相手の一人。
ナルシストなプレイボーイ。

スパツール・ルーイス

国立学院の研究員。
ゲームヒロインの攻略相手の一人。
助手のジェーンとラブラブ。

エレーナ・ストラーディス

公爵令嬢。
フローラ学園の元生徒会長。

いつかチャンスがあったら、
学園で披露しようと思っていた
ダンスです。
やりたかったのは、僕たちが
貴族の婚約者という立場を超えて、
本当に愛し合っていて、
恋をしているって見せること。
誰も僕たちの心を奪えないって
わからせること。
それができたと思います。
ああああああああああ——
っと会場大拍手！！
ベストカップル賞は、セレア・コレット嬢

3

僕は婚約破棄なんてしませんからね

Boku wa Konyakuhaki Nante Shimasen Karane

著：ジュピタースタジオ
イラスト：Nardack

Boku wa
Konyakuhaki
Nante
Shimasen
Karane

目次

CONTENTS

1章 生徒会長な僕 004

2章 夏休みの家出 035

3章 二年生の学園祭 078

4章 仮面武闘会 105

5章 もうすぐ三年生 131

6章 最後の学園祭 193

7章 断罪は突然に 224

書籍版書き下ろし ヒロインの憂鬱 275

1章　生徒会長な僕

悪役令嬢と結婚してしまった……。

うん、なに言ってんだって感じですか。でも僕のお嫁さん、公爵令嬢のセレアは自分で自分のことを、前世でやっていたゲームの中の悪役令嬢だって思っているんですよね。そういう記憶があるんです。その悪役令嬢のセレアとゲームの強制力ってやつから逃れるために、夜中に忍び込んだ教会でこっそり結婚式を挙げました。それが僕らが十歳の時。ナイショにしていますけど、実は僕たちもう結婚しちゃってるんですよ。

ゲーム通りに、学園生活が始まって、僕らは毎日楽しく学園生活を送っています。でも、その一方で、僕ことラステール王国第一王子、シン・ミッドランドは、日夜襲いかかるゲームのイベントってやつと闘《たたか》い続けているのです。そう、断罪され、婚約破棄され、没落して追放されてしまう僕のお嫁さんのセレアを守るため。そのためだったら生徒会長だってちゃんとやります。

二年生になった僕らの学園で、スポーツ大会が行われます。

全クラスの体育委員を生徒会室に呼びまして、実行委員会を開催します。実行は体育委員長にお任せすることになりますが、生徒会からの要望として、今までフットボールだけだったスポーツ大会を、全校生徒が参加できる形にしたいと提案します。

「ボウリングはどうでしょう?」

残念ながらセレアがアイデアを出し、文芸部が作ったカルタことポエムカードですが、あまりにも知名度がないということで却下されてしまいました。頭も使う競技ですし、スポーツとは違うんじゃないかと。

その代わりに、男女共に、スポーツが苦手な人でもできるものとして、ボウリングが提案されました。ボウリングは、教会発祥のスポーツです。教会の修道士たちが、聖堂の通路を使って、酒瓶を月の女神さまの石像が持っていた彫刻の月を転がして倒したという、大変罰当たりな遊びが民間にも広まったものです。なに考えてんの修道士さんたち……。

元祖は九ピンボウリングだったんですよ。でもそれがギャンブルになりまして、何度か禁止されたのですが、「九《ナイン》ピンでなくて十《テン》ピンだったら文句ないだろ」という無理やりな言い訳で今のようなテンピンボウリングになりました。

教会から、重い黒檀《こくたん》でできたボールと、カエデのピンを借りてきました。場所は体育館です。生徒会と実行委員総出でラインを引きまして、五レーンほど設営しました。

「シン、今年はフットボール出ないのかよ!」

ジャックはじめクラスの男子から熱望されましたけど、出ませんよ。

「去年思い出してよ。他のクラスから大ブーイングだったじゃない。僕は今年は実行委員を手伝うよ……」

去年は僕がゴールキーパーをやってたんで、「王子がキーパーやってたら蹴り込めないじゃないか！」って他のクラスから猛抗議されました。考えてみりゃあそうなるか……。王子ってめんどくさいです。

体育館では男子も女子もみんな、ゴロゴロとボールを転がしてはわーわーきゃーきゃー、大変に楽しんでもらえるイベントになりました。セレアも喜んでやってました。

僕？　僕はずっとピン並べていましたよ。文句なんて言わないよ。いいじゃない僕がそういうことやったって。

その一方で、フットボールの試合のほうは、観客が少なくなってやる気がそがれたと文句たらたら言われました。いいとこ見せようと張り切っていたみんな、ごめん。バランスって難しいですねえ。

あちらを立てればこちらが立たずかあ。

☆彡

学園の休みの日に、ひさしぶりに国立学院の研究所をセレアと一緒に訪れます。スパルーツさんと、ジェーンさん、結婚したばかりで新婚さんですからね、様子も見たいし、結婚のお祝いの品も、持っていかなきゃ。

「あのー、お二人さん、なんでそうよそよそしいんですか？」

行ってみますと、二人、どうもこうぎこちないんですよ。

「その、いきなり夫婦になっちゃったもんだから、その、心の準備もろくになく、研究所ではちゃんと仕事をしないといけませんし、その……」

「いけませんねえ。ジェーンさん、まずあなたは、スパルーツさんの家に引っ越しなさい！」

「えええええ！」

「いや殿下！　ボクもジェーンも学院の寮住まいですからね！」

「だったら家を借りてください！　なにやってんですか二人とも！　実績を評価されて二人ともいい給料もらってるし、貯金だってかなりあるでしょ？　使わないからたまる一方でしょ？　使うべき時に使いましょうよ！」

「あああああ……」

二人、真っ赤になって並びます。もうなんだかなあ。じれったい二人ですねえ。いい大人のくせに十六歳の僕らに結婚生活の指導を受けてどうするんですか、まったく。

「お祝いです！　受け取ってください」

セレアと僕から、食器一セット、調理器具一セット、贈らせていただきます。

「うわあ、ありがとうございます」

「……あの、殿下、私、実はその、料理が全然だめで……」

スパルーツさんは喜びますけど、ジェーンさんがうなだれます。

「ジェーンさん、料理なんて科学の実験となにも変わりませんよ。きっとできます」

セレアがジェーンさんを励まします。

僕も一つ言いたいことがありまして、「スパルーツさんもね、ビーカーにアルコールランプで紅茶入れるようなことはやめてですね、普通にポットとカップ使うところから始めましょうよ」って言うと、やっぱりかーって顔するんですよね。

「それではですね、料理のコツ、伝授いたします」

いつも僕においしいお菓子とか、お弁当とか作ってくれるセレアが宣言します。

「料理のコツ！　それは、レシピを完璧に守ること！　この一言に尽きます！　料理における試行錯誤などはすでに先人の皆様がやりつくしているのです。そこに余人のオリジナリティなど入り込む隙間などないのです。材料がないから代わりを使う、調味料がないから別のものを使う、全部アウトです。料理本を買って、料理本の通りに作る。これが一番料理をおいしく作るコツであります！」

……セレア、聞きたくなかったよそんなこと……。

雑談はそれぐらいにしまして、ペニシリンの動物実験状況を聞きます。

スパルーツさんが青カビから溶菌効果を発見し、抗生物質が誕生しました。僕とセレアでこの研究を国で支援するように、御前会議で必死に説得したのが効いたようで、今学院で、これを全力を挙げて研究中です。うまく行けば、セレアの言う「ペニシリン」が完成するはずです。

一番身近な青カビが、これほどの効果を持っているのは驚きです。いえ、それだけの力を持っているからこそ、他のカビに打ち勝って、そこら中にあるのかもしれませんが。

「大変優秀な薬剤です。破傷風、ジフテリア、ブドウ球菌、すでに十数種類の細菌に対しての溶菌効果を確認しました。今動物実験をしていますが、良好な結果が得られています。特に炎症の症状にはだいたい効果がありまして、まず肺炎から、ヒトへの試験を始めようと思っています」

「それはすごい」

着実に成果が出ています。あとはペニシリンの量産準備ですか。これも御前会議にかけないといけません。

「薬効の高い青カビの株も、今様々なところから採取しています。これも、人手はかかるのですが、全研究員を使ってやっていますので、今年中にはなんとか」

「期待しています。よろしくお願いします」

午後には、文芸部の完成した紙芝居、さっそく養護院でお披露目です。

無理言って美術部の部長さんにも来てもらいました。絵を描くのを頼めないかと思いまして、まずは紙芝居を一緒になって観てもらうところから始めないと。

文芸部のみなさん、無駄に凝りすぎです。子供たちにはちょっと難解なものが多かったですね。セレアの「ピーチ太郎」が一番受けていました。まあセレアはもう何度も養護院で紙芝居やっていて経験豊富ですから。熱演していましたよ。

最後、隕石《いんせき》魔法「メテオ」を島に落として跡形もなくしてしまうのはどうかと思いましたけど……。犬もキジもサルも出番ないし、前半の潜入工作の意味がないじゃないそれじゃ……。

美術部長、うーんうーんって考え込んじゃいました。

「面白いと思います。美術部の出番だとも思うんです。でも、これを美術部員にやらせるのはちょっと難しいかもしれません」

「どうしてですか？」

「その、美術部というのは、芸術を高尚なものだと考えている部員が多くてですね、こういう平民の、それも養護院の子供を喜ばすためにやるようなものは、下賤《げせん》なことと考える者も多いかと……。その、大変失礼だとは思いますが」

そうか――。文芸部員でも、子供たちに受けなくて、静まりかえっちゃったりした部員は、もう一度これをやってくれるかどうかわかりません。よく話し合ってみないと、だめかもしれませんね……。

「それにしてもセレアさんの絵はすごい！　あんなふうに、まるで動いているように躍動感がある絵をなんで描けるんでしょうね！　決してうまいわけじゃないのに、子供たちをひきつける魅力があります。なぜなんでしょう？」

セレアは「マンガです」って言ってましたけど。僕もあれはすごいと思っていますよ。

いろんなことが、まだまだ前途多難です。貴族の意識改革って、難しいかな。

そのことを、セレアと一緒に考えてみました。

「……子供たちは、字が読めない。大人は、子供たちに奉仕とかプライドが許さないかあ」

「サイレントの絵本とかあるといいんでしょうか？」

「セリフなしで、次々見ていくだけで面白いようなものってこと？」

ものすごく難しいですねそれ。

「でもいろいろヒントはもらえました。この国には子供向けのやさしい本が全然ないんです。読み書きが覚えられるようなもの、子供が読み書きができるようになりたいと思うようなものから、始めたいです」

「だったら、それ、童話の読み聞かせでいいんじゃあ」

「うん、そうですね。創作紙芝居とかいきなりハードル高すぎました。普通に童話の読み聞かせをやりましょう！　それから、創作童話にしていってもいいですし、古今の名作を子供向けにやさしく書き直すのもいいですし」

「うん、確かにそっちのほうが文芸部らしいかな」

僕ら、最初からちょっと難しいことを考えすぎたみたいです。人になにかやってもらおうとするならば、まずは、一番簡単なことから始めないと。僕、成果を上げようとしていろいろ欲張りすぎているのかもしれません。反省ですね。

☆彡

今日も学食で昼食です。僕らいつも同じ席でみんなと食べていたんですが、生徒会のメンバーも加わって、いつの間にか指定席のようになってしまいまして、いつも僕らが座る席が空いているという事態に……。

これではそうでなくても混み合う学食でみんなの迷惑になります。そこで毎日違う席で食べるようにしました。ま、そのせいで、みんなと一緒に席が空くまで並ぶことになるんですけど。

そうして、待っていますと、くるくると回りながら……。いや、そろそろ違う登場パターンも工夫してもらいたいと思うんですが、ピカールがやってきました。

「やあシンくん！　今日もきみに友人として、ぼくの永遠なるライバルとして、お願いがあるんだが！」

「またかい……。君のお願いって、いつも僕もひどい目にあうものばっかりだからなんかヤダよ」

「そう言わず、まずは話を聞いてくれないかい、生徒会長」

「生徒会長としてなら聞くしかないか……。どんなこと？」

こほん、ピカールが咳払《せきばら》いして改まって言います。

「女子生徒の制服、下着一式を借りることはできないかな」

なにを言い出すのこの男は。

「ちょっと待って、それ生徒会長に頼むこと？」

「きみなら女生徒にも顔が広いだろう。借りるあてがあるんじゃないかと」

「ちょっと待って、女生徒の知り合いだったら君のほうが断然、多いんじゃない？　そっちに頼んでよ」

「確かに。この学園のレディのほとんどはぼくのとりこさ。でも、だからと言って、そんなものをぼくが借りたいと言ったら、ぼくが変態扱いされちゃうじゃないか」

「ちょっと待って、君は僕だったら変態扱いされてもいいと思ってるわけ？」

「きみなら女生徒に変態だと思われることもないだろう」

……頭痛いです。

「その大前提も今日で終わりを告げるよ……。そもそもなんで女子の制服が必要なの？　そこから説明してよ」

……ピカールが顔を寄せて、こっそりと僕にささやきます。

周りの女生徒たちから、「きゃあああああ――」って悲鳴が上がるのはなんなんでしょうね
いったい。

「(リンスくんがまたいじめにあってね、今度は二階から水をかけられてずぶ濡《ぬ》れなんだ)」

またか――――。

「事情はわかった。でもね、着替えさせればＯＫって話じゃないよ」

「……なにか対策があるってのかい？　犯人を追及するようなやり方は、ぼくは取りたくないんだが」

「彼女のいる場所に案内してくれるかな。みんなも一緒に来て。三年生の方はいいですから」

かえって事を荒立てることになるんじゃないかとピカールが心配顔です。

案内されて、僕、セレア、ジャック、シルファさん、ハーティス君で校舎裏にやってきました。

頭から水をかぶせられてびしょ濡れになったヒロインさんが泣き顔でうずくまっています。みじめで悲しい情景ですねえ……。

その彼女を、まだ包帯巻いて杖《つえ》を突いた脳筋担当パウエルと、クール担当フリードがナイトのようにそばに立っています。

「ピカール……なんでこいつを連れてきた？」

クール担当、不機嫌です。君らなんの同盟なの？　自分たちだけでなんとかしてピンク頭にいいかっこをしたかったってところかい。

セレアがその場から走り去ります。なにか用意してくれるんでしょう。

「やあ、リーンさん、また大変な目にあってるね」

「リンスくんだよ……。きみねえ、この状況を見てその言い方はどうなんだい？」

いようで。

ピカールが顔をしかめ、ピンク頭ににらまれます。名前を言い返してくる元気も今回はさすがにな

「前から気にはなっていたんだが、どうしてきみはそういつも彼女に対して冷笑的な物言いをするんだい。ぼくはどうもそのことが不思議でね」

「僕にはセレアという愛する大切な婚約者がいるわけだから、誤解を受けたりしないようにだよ。友達に噂《うわさ》とかされると恥ずかしいし」

「……はっきり言うねえ。ま、そういうところがきみらしいし、だからこそ信頼もできるんだが」

「コイツが信頼できるってえ⁉」

脳筋担当とクール担当が二人して僕をにらみますね。

「だいたい、なんでいつもこう都合よく現場にいる！」

パウエルが怒ってます。

「……いや、やっかいごとが起きるたびに僕を呼び出しておいてなに言ってんの。それで『都合よくいる』とか言われても……」

「パウエルくん、フリードくん、きみたちは知らないかもしれないが、シンくんはこれまでも彼女を何度も助けているんだ」

二人、びっくりして僕を見ます。

「怪しいな……。まさか……」

勝手に怪しんでりゃいいと思いますよクール担当。

「とにかく彼女をこんな目にあわせたやつを俺は許さない。必ず突き止めて後悔させてやる。たとえそいつが公爵だろうと、王族であろうとも！」

「おう、絶対に突き止めて断罪し、謝罪させてやる！」

クール担当と脳筋が憤りますが、「……二人、なんでそこで公爵に王族なんです？　僕そんなに怪しいですかね。さて一方のピカールですが、「……二人、こんな調子でね。ぼくだって彼女へのいじめはやめさせたいとは思っている。だからといって、大した証拠もなしに誰かを断罪するなんてことはぼくはやりたくない。シンくん、なにか方法はないのかな」と、案外常識派です。いいやつなんですよね、こいつ。

セレアが小走りに戻ってきました。大きなタオルを持っています。そのタオルを、ヒロインさんの頭にかぶせて、わしゃわしゃと拭きます。これにはさすがのヒロインさんも、「……あ、ありがとうございます」と言うしかないです。

「ほうら、困っている彼女を前にして、ただ怒鳴っているだけのきみたちより、シンくんやセレアくんのほうがずっと彼女の助けになっているじゃないか。実際に行動することがなにより尊いだろう。きみたち彼女を実際に助けたことがあるのかい」

「ぐっ……」

脳筋とクールが黙ります。でもそれはピカール、君がドヤ顔して言うことですかね。

「君たちさあ、彼女へのいじめを本当にやめさせたいと思っている？」

「もちろんさ！」

「当たり前だ！」

「決まってるだろ！」

三バカがそろって返事します。もう三人ともバカ担当でいいような気がしてきました。

「じゃあ、これから僕とセレアがやることを、みんなも一緒にやってみて。いいかい、必ずやるんだよ。僕らが全員、これを一斉にやることに意味があるからね、できるかい？」

「なにをやる気だ？」

「それを言ったら、君たちは前言をひるがえして逃げるだろう。言わないよ」

「シンくんの言うことだからね、ぼくは信用するよ！」

「俺たちが逃げるとでも!?」

「いいだろう。やってやろう……」

三バカが同意しましたので、みんなで体育館の表、グラウンドとの間にある水場にやってきました。

ヒロインさんもついてきます。そこにあったバケツに、手漕《てこ》ぎポンプで水を汲《く》み上げます。

「じゃ、セレア、やるよ！」

「はい！　どうぞ！」

バケツを持ち上げ、セレアの頭からたっぷりの水をぶっかけます！

「きゃあああああー！」

「ええええええええ！」

「お、おいいいいい！」

「な、な、なにやってんのシン君!!」

全員驚愕《きょうがく》！　絶叫したあとは口あんぐりです。

しゅこんしゅこんしゅこん。もう一杯、バケツに水を汲み上げて……。

「うぉりゃあああ！」

ざぶーん!!　僕も頭からバケツの水をかぶります。もちろん僕もセレアもびしょ濡れです!!

「な、な、な、なにやってんだお前ら……」

クール担当が動揺してますね。キャラが崩壊してますって。

「……なあシン」

「ん？」

「これ俺もやる流れかい……」

「当たり前だろジャック」

ジャックが、しぶしぶといった感じで、バケツに水を汲み、一気に頭からかぶります！

「冷てえ！」

ぶんぶん頭を振って水を飛ばしていますね。犬みたいです。

「あっはっは！　なるほどねえ！　さすがはシン君です！」

そう言って、ハーティス君も笑いながら水を汲んでいます。

「……いやハーティス君、君まで無理にやらなくてもいいからね？　風邪ひくよ？」

「いやあやりますよ。やらせてください。やりたいです僕」

汲み上げたバケツを持ってよろよろします。

「……あの、シン君、申し訳ないんですけど、お願いしていいですかね」

「いいよー！」

僕もゲラゲラ笑いながら、バケツを受け取って、小柄なハーティス君の頭の上に持ち上げて、じょろじょろと少しずつかけてあげます。

「ひえええええ……」

うん、ぎゅーって目をつぶって、びしょびしょになって髪が顔に張りついたハーティス君、なんかかわいいです。子犬を洗ってるような気がします。

「そういうことか！　シンくん、きみはまったく大したやつだ！」

ピカールが笑います。

「おい、こいつらなにやってんだよ」

察しの悪いパウエルがまだそんなこと言っています。

「頭悪いねえきみは。シンくんはね、自分たちも水をかけられた被害者になるって言っているのさ。

いじめられたのは彼女だけじゃない、ぼくらもだ。彼女をいじめることは、ぼくらをいじめることと同じだって、全校生徒に教えてやろうとしているのさ」

ピカールが笑いながらバケツに水を汲みます。

「ぼくらこの学園のアイドルがこれをやることに意味がある。さ、きみたちももちろんやるよね？」

ピカールが、「よいしょおおお！」ってかけ声して、これも一気に水をかぶります。

濡れた長い金髪をぴっと手で払い、前髪をかき上げる妙にカッコいいポーズでさわやかに笑います。

「さ、これでぼくも、水もしたたるいい男さ！」

うん、すごいよピカール。やる時はやる男です。見直しました。でも僕らまで「学園のアイドル」なんて呼び方はやめてください。そんなつもりまったくないですからね僕は。

「さあきみたち、いまさら逃げたりしないだろうねえ？」

ピカールがいい顔でバカ二人に声をかけます。うん、これだけやってくれるんならバカ担当から解任してやってもいいかもしれません。

「……いいだろう。やってやる。このことは貸しにしておくからな」

「貸しって、誰にだい？　自主的に参加する意志がないんだったらやらなくていいよクール担当君。君が自分だけ逃げたってことは覚えておくから」

「なんだよその『クール担当』って！　ほんっとうにイヤなやつだなお前は！」

フリード君が僕を思いっきりにらみながら、ざぶんとバケツの水をかぶります。

残りの一人、パウエルが無言のまま、ケガしていないほうの片手で水を汲んでおります。

「いやパウエルくん、君どう見てもケガ人だよね。ケガ人にこんなことは強要しないよ。今回は参加しなくていいよ」

僕は止めたんですけど、パウエル君、片手でバケツをつかんで、頭から水をかぶってしまいました。

あーあーあーあー……。ヒロインさんが見ている前で、自分だけ男気を見せないわけにいきませんでしたか。見栄っ張りなやつだなあ……。

「わたしもやります！」

「いや、シルファはやめとけ」

「シルファさんはだめですよ……」

「シルファさん、やめてください」

「あなたはやったらだめですよ！」

ジャックも僕も、ハーティス君も、ピカールもこれを止めます。

「なんでですか！」

いや、だってさあ、君みたいにおっぱい大きい女の子が水かぶったら、いろいろとマズいというか、そりゃあもうエロいことになっちゃいますって……。

「お腹《なか》すいたよ。さ、みんな学食行こう、早くしないと昼休み終わっちゃうよ」

タオルで顔だけ拭いてから、みんなを誘います。

「断る。なんで俺がお前なんかと……」

クール担当、面倒くさいです。

「さっき言ったでしょ？　僕らが全員びしょ濡れになっているところを、できるだけ多くの生徒に見てもらうことに意味があるって。いまさらつべこべ言いなさんな」って言って、彼にもタオルを渡します。

「シン君……」

ヒロインさんがうるうるした目で僕を見ますね。

「シン君は、やっぱり、私の王子様です！」

「その呼び方やめてって、もう何度も言ってるでしょリアラさん。セレアだって水をかぶったんだからさ、そのことは覚えといてよ？」

一番に水をかぶって見せたセレアのことはスルーですか。ほんとやな女だなあ。


いやあ見られた見られた。学食であわてて食事しても、教室に戻っても、みんなに「どうしたのいったい！」って聞かれます。

「んーなんか校内歩いてたらいきなり上から水降ってきて。誰か手を滑らせたのかな？」なーんて言って、とぼけておきましょう。僕もセレアも、ジャックも、全身びっしょびしょのまま、何事もなかったかのようにいつも通り授業を受けます。

この一件でなぜか男子の間でセレアの人気が上がりました。黒髪、黒目でいつも目立たずおとなしく上品なセレアでしたが、濡れた姿が大変に色っぽかったようでして、男子生徒がみんなドキドキしちゃっていましたね。言いませんけど。

セレアについては、「なんかぱっとしないよねー！」「あれが王子妃って、地味すぎない？」「ちょっと釣り合ってないいんじゃないかしら」なんて噂があるのは僕も知っています。知らんぷりしていましたけど。

でも、セレアは綺麗《きれい》ですよ。そういう素の美しさがあるんです。他のやつらにわからなくたって全然かまいません。僕は大好きなんですから。

あったりまえですが、このことは当然学園でたちまち噂になりました。やらかした誰かが青い顔してるはずです。ま、これでヒロインさんが水をかけられるなんてことは、もう二度と起きないでしょ。

へっくし！

☆彡

期末テストも終わって夏休み前になり、音楽部や美術部の市民コンクールへの出場エントリー、剣術部の他校、市民学校との交流試合など、休み期間中の学生イベントの参加手配などで生徒会はそこそこ忙しいです。テスト順位は前と変わらず。僕が一位、二位ハーティス君、三位ヒロインさんでした。セレアは十一位かな。僕もハーティス君も猛勉強しましたから。絶対にヒロインさんに負けてられません。その分、生徒会の仕事はたまっちゃいましたけど。

「この分だと夏休みはまたどこにも行けそうにないなー！」なんてみんなで愚痴ります。どれも夏休み中の行事ですから、生徒会は参加です。ま、しょうがないですけど。

「こんにちは――――！」

……なぜかピンク頭が生徒会室に来るんですよ。今日も差し入れだって言ってお菓子とかお茶とか持ってきました。

「……リンリンさん、なにかご用ですか？」

「リンスです！　シン君に差し入れです！」

「何度もいらないと申し上げているでしょう。生徒会のみなさんで召し上がってください……」

「前から疑問なんですけど、なんでシン君は私の作ったものを食べてくれないんですか！」

「そうでしたっけ？」

「そうですよ！」

このやり取りを生徒会役員が全員見せられてウンザリしているわけです。どうして気がついてくれないんでしょうねえ……。さすがに副会長の三年生、レミーさんが見かねて声をかけてくれます。

「リンスさん、私たちは職務中です。邪魔をしないようにしてください」

「私はいつも私を助けてくれるシン君にお礼がしたいだけなんです！」

ぐいぐい来るなあ……。

僕は単純に、学園内でのいじめはやめさせようとして水をかぶったわけですが、それで懐いてしまったというか、そこまでやってくれる以上僕も彼女にまんざらでもない、という勘違いをしているようです。あの時、一番に水をかぶってくれたのはセレアなんですけど、そのことはまるでなかったことみたいになっているってこと？　都合いいことだけしか見ないなあコイツ。

セレアと作った手作り攻略本によりますと、水をかけられたヒロインは、その時一番好感度の高いキャラが着替えを用意してくれて、ラッキースケベハプニングもあってめでたしめでたしとなるようでした。

「ラッキースケベってなに？」って聞いた時のセレアの顔ったらなかったですね。真っ赤になりながら、「意図しないでヒロインさんの着替えや裸を見ちゃったり、さ、さ、触っちゃったりって偶然が起きることなんです」とか。

その程度のラッキーだったら、セレアとはもういっぱいありましたけど……。子供の頃からずっとね。たっちゃってるところを見られたことなんかも何回も。ちなみに、攻略対象が着替えをどうやって用意したのかは不明。主人公の着替えをいつも用意しているボーイフレンドって、怖いですよね。誰もそこに突っ込まないの？

まあ現時点で一番好感度高いのはピカールってことになりますか。あっはっは。お似合いなのでぜひ付き合ってほしいですね。イベント阻止しちゃって悪いことしちゃったかな。

ま、着替えを用意するのはただのその場しのぎで、いじめをやめさせる根本的な解決にはなっていません。僕はその場しのぎで彼女を助けるのではなく、いじめそのものがなくなればいいと思っているわけですから、ああいう対応をしたわけです。別に僕のヒロインさんに対する好感度が上がったわけではありません。でも逆に、ヒロインさんの僕に対する好感度が上がったってことですか。これは計算外でした。ゲーム未登場イベントってことになりますか。

「とにかくですね、僕になにか食べさせるのはあきらめてください。さ、みんな仕事に戻りますよ」

夏休み前に生徒に配るプリントの印刷をやらないとね。

「あきらめろって……。なんか理由でもあるんですか!?」

「山のようにいっぱいあります。では印刷業務に戻ります」

夏休み中に行われる生徒参加のイベントの案内です。音楽部の市民コンクールの出場、剣術部の交流試合の案内、美術部の市民芸術祭への出展など、休み中に応援に来てくれるように宣伝をするのです。わが校からはどれも初参加となりますので、できるだけたくさんの学生諸君に見に来てほしいですね。ローラーにインクをつけて、謄写版に紙を敷いて一枚一枚印刷します。

「私も手伝います！」

「だめです。絶対にやらせません」

謄写版に張るロウ紙は書記のハーティス君がガリ版で手書きしてくれたものです。一枚しかなく、破られたりしたら最初から全部書き直しです。絶対にミスなくこれで三百枚を印刷しないといけないのです。これは一番印刷が上手な僕の役目になっています。僕はエプロンと手袋の装備をしてこれをしていますが、手や体にインク一つつけずに全部やることができますよ。「なんでそんなに上手なんですか!?」ってみんなにも驚かれました。

ゲームの中ではヒロインさんが生徒会活動に参加して、後に僕が生徒会役員に任命するというイベントもあるんです。でも、このヒロインさんは特に今まで生徒会活動には参加していませんので、そのルートは選ばなかったってことになりますか。それとも僕の攻略が全然できてないってことかもしれません。セレアが言う「ドジっ子天然特性」のヒロインさん、生徒会室でいろいろやらかすイベントがあります。その中に謄写版の原稿紙を破いちゃって、最初から僕と一緒に（ここ重要）作り直すってイベントもあったはずですからね、やらせませんよ。

ゲームでは泣いて謝るヒロインさんを僕が優しく許して一緒にやろうって、夜遅くまで二人っきりで作業するんだそうですが、現実にそれやられたら僕でもキレちゃいそうです。

会計の三年生、オリビアさんが紙をさっと謄写版の下に敷き、僕が謄写版を当ててローラーを転がし、副会長のレミーさんが印刷の終わった紙を取り上げ、書記のハーティス君が並べるという流れ作業です。インクが乾くまで重ねられませんので。

「こんにちは」

セレアが生徒会室にやってきました。差し入れのお菓子とお茶のポットをバスケットに入れて持っています。

「あ、いらっしゃい」

生徒会全員でにこやかに対応します。セレアはよくこうやって差し入れを持ってきてくれるし、仕事も手伝ってくれますよ。ヒロインさんが来ているのを見て二秒ほど笑顔が固まりましたが、すぐに元に戻ります。

「悪いけど印刷中でね、手が離せないよ。食べさせて」

「はい」

セレアがバスケットからお菓子を出して、一口かじってから、僕に食べさせてくれます。

「あ————！　私のお菓子は絶対に食べてくれないのにい！　なんでセレアさんのお菓子は食べるんですかあ！」

うるさいなあピンク頭。

「妻が夫に食事を食べさせてくれる。なにか疑問ですか？」

「婚約者じゃないですか……。私のは食べない理由になってません。差別でしょそれ」

「ちゃんとした理由があります。説明はしませんが」

「ひどい」

「これに関してはひどいと思ってもらってかまいません。僕だけのルールですので」

ヒロインさんぷんすかしています。どうでもいいけど。

「それにどうしてセレアさんだけがシン君を『様』付けなんですか？」

「セレアは僕の婚約者であり、将来の結婚相手です。プライベートでも公《おおやけ》の場でも同じ呼び方を許していています。僕にとって特別な相手ですから」

「私だってシン君を、『シン様』って呼びたいのに」

「それは許しません。公私の区別はつけてください。学園では身分の区別なく『君』付けであり、学園外では僕のことは『殿下』です。貴族だったら守ってください。公私の区別をちゃんとつけられることも貴族社会のルールです。学園を卒業してから社会においても要求される常識です」

「だいたい生徒会役員でもないセレアさんがどうしてここにいるんです？」

「セレアは空いた時間はたまにこうして生徒会役員の仕事を手伝ってくれます。ボランティアによる生徒会活動のお手伝いは誰でも拒んでいません。生徒会室を一般生徒は立ち入り禁止にしていないのものそのためです。現に生徒会関係者でない君が入ってきても注意しないし、出禁にもしてないでしょう？　本当に忙しい時は委員会や学級委員の人にも頼んでいます」

「私だってなにか手伝いたいです！」

君、今まで、手伝うって言ったことが一度もなかったと思うけど？

「それはありがたいですね。ではこのプリント、読みにくかったり印刷が潰れている箇所がないか一枚ずつチェックしてください。お願いします」

「えええええ……」

ぶつぶつ言いながら、まだインク臭いプリントをめくっています。

「私の作ったお菓子は食べてくれないのにぃいい……」

しょうがなくて、アルコールランプでお湯を沸かしているセレアが説明しますね。

「あの、シン様は王族ですので、王宮以外では毒見していないものを口にすることができません。それで私が毒見をしています。失礼がありましたら私からお詫《わ》びいたします。申し訳ありませんでした」

深々と頭を下げるセレアにヒロインさんも驚きです。

「そんなの知らないよぉ！」

この発言には生徒会役員一同びっくりです。言い方も悪いです。ハーティス君が注意しますね。

「王侯貴族は全員それを承知していますよリンスさん……。パーティーとかの会場でも、王室関係者を招く場合は主催者側はその手続きをちゃんと取ります。知っておいてください。それにセレアさんが頭を下げているのにその返事はないでしょう……。失礼ですよ？」

「……フライドチキンのお店でも平気で飲み食いしてたじゃないですか！」

「その時は私がいましたので、ちゃんと毒見をしていました」

ヒロインさん、セレアにそう言われると、なにか思い出したように手を打って、「ああ、そういえば！」とか言ってます。どんだけ視界に入ってないんですかセレアのこと。失礼だなあ。

「シン君、ハンスのフライドチキン食べたことあるんですか！」

みんながびっくりします。

「二年ぐらい前にね」

「そうそう、シン君、お店に来てくれて！」

嬉《うれ》しそうにするヒロインに、みんなが不思議顔です。

「なんでリンスさんが嬉しそうなの……？」

「ハンスのレストランもフライドチキン店も、私の実家ですから」

聞いたハーティス君が、あーそーなのかって顔してます。

「また、みなさんでご来店ください！　待ってます！」

「……」

みんな無言になっちゃいました。

「なんでみんな黙るんです？　私が平民の出身だから？　フライドチキンなんて下賤な庶民料理だから？」

「違うよ。現に僕が食べに行ってるじゃない。そんなことで差別はしないよ。だからそういう貴族ルールとか礼儀作法をあんまり知らないんだなって思っただけだよ」

一応フォローしときます。

「みんな、私のこと、面倒な女って思ってるんですね……」

ピンポーン！　大正解！　やっと理解してくれましたか！

面倒っていうのはその君のやたらぐいぐいくる図々《ずうずう》しい性格のことです。君の身分や出身のことじゃありません。でもたぶん悪いふうにしか取ってくれてないと思いますけどね。これヘタしたら僕が彼女をいじめたってことになって言いふらされたりするんでしょうか。そうだとしたら不本意です。

「マナーが身につくのは時間がかかるからね。それは勉強しましょう。学園内でマナー違反が許されているのは、学生のうちに学べってことですから。はい、三百っと……。おわりー！　さあ、一休みしてお茶にしようか」

「これ、みんなで食べてください。失礼しました」

印刷が終わって、休憩しようかと思ったら、ヒロインさん、自分が持ってきたお菓子の袋を置いて生徒会室から出ていっちゃいました。

「……あーあーあー、これ、僕が悪く言われるパターン？」

「そんなことないですよ。当然だろうってみんな思います。逆に彼女がそんなことも知らないのかって、あきれられて……」

「またいじめられることになるのかなあ」

「どうでしょうねえ。彼女がこのことをペラペラ人にしゃべるかどうかですが」

ハーティス君が冷静に分析してくれます。頭痛い……。

「理由はなんであれ、いじめられているのが誰であれ、学園内でのいじめはだめだ。またなにかあったら生徒会でいじめ撲滅キャンペーンをやろう」

生徒会メンバーが全員頷《うなず》いてくれます。

彼女が置いていったお菓子、結局、誰も手をつけませんでした。僕にって持ってきてくれたものを、僕が食べないんですからそうなっちゃいます。これもいじめになるのかなあ……。

持って帰って、シュバルツに食わせました。「女学生の手作りだ！」って喜んで食ってました。

シュバルツに特になにも変化がなかったので、なにか仕込んでいるようなことはないようですね。

はい、よかったです。

2章 夏休みの家出

終業式を終えて、夏休みが始まりました。最初は、剣術部の他校との交流試合です。

市民学校のトップ、私立セントラルハイスクールとの練習試合ですよ。二年生のエース、ジャックが張り切っています。他校との交流試合は初めてですので、まず入念にルール確認からです。

僕らのフローラ学園は、騎士、貴族の家系となりますので由緒正しい貴族剣法です。それに対し、市民学校の剣術は、魔物、野生動物、強盗野盗相手の剣となりますので、かなり荒っぽいです。さながら軍人VSハンターというところでしょうか。たとえ剣を落とされても、逃げて拾い直すこともOKです。剣を落としたぐらいで負けを認めていては魔物との戦闘で死ぬことになりますから。貴族の試合とは違います。学生なので突きはなしで、お互い木刀を使います。

槍《やり》もいますし、短刀二刀流もいて、長剣だけでないのが市民流。勝敗は、実際に防具に有効打を打ち込めば勝ち。学生同士、ケガしたくないのは同じです。

結果で言いますと、辛勝というところでしょうか。なんとか貴族という面目は保てましたが、相手の防具が安っぽかったことに少し助けられました。手段を選ばずという感じでところかまわず打ち込んでくる市民学校選手に対し、精緻な剣筋で闘《たたか》う貴族剣法にほんの少し分があったということになりますか。剣法ってのはなんでもアリのように見えて、実は斬れる太刀筋ってのはそんなに多くないわけです。長い時間かけて完成された剣術のほうが、素人が我流で鍛えたような得意技より洗練されており、結局は速いんです。

「いやー強い強い！　素人剣も突き詰めれば怖いな。危なかったよ！」

「そうだね。習った剣が同じだったらたぶん負けてたよ」

僕がそう言うと、ギリギリで勝ったジャックもさすがに不機嫌になりますね。

「……冷静なご評価痛み入るよ。どこを直したらいい？」

「けれんに惑わされないこと」

「だよな――……。フェイントでスキを狙うやつ多かった」

負けた選手には教訓になるでしょうか。貴族ということにいつまでも驕《おご》っていては簡単に負けてしまいます。平民レベルの剣法もレベルアップしていて、もう抜かれる寸前なんだってことがわかったでしょうか。圧勝を期待して応援に見に来てくれていた学園の生徒たちも、これはまずいぞと少しは思ってくれたかもしれません。

美術部は水彩画やスケッチ、素描などを市民コンクールに出展していましたが、全員審査落ちでした。容赦ないな審査員。

本気で王宮のお抱えになりたい、絵で生きていきたいというプロや学生のみなさんが集まるコンクールですから、本気度が違います。貴族の手慰みじゃお話になりませんでしたか。しょうがないね。音楽コンクール。こちらも予選落ちです。平民学校の生徒さんたちのほうが上手でした。「私たちはあんな簡単な曲で満足していたのか」と、音楽部のみなさんは他校の演奏を聴いて一様にショックを受けていましたね。レベルの違いを見せつけられたという感じです。

音楽を習っても、それで食べていけるのは千人に一人いるかどうか。そういう世界なんです。貴族が週末に集まってヘタな弦楽器でカルテットを奏でて、お世辞を言い合ってからお茶を飲む。そんな優雅な世界と違い、競い合うことに真剣なんです。

現実を知ってもらう。まずはそんなところから始めるのが僕の目的だったわけですが、効果てきめん。あるいはやりすぎでしたか……。美術部も音楽部も、自信喪失で、かえって悪い結果になったかもしれません。井の中に閉じこもる蛙《かわず》にならなきゃいいですが。

まあ、そんなわけで夏休みに予定されていた行事、あっさりと終わってしまいました。予定より拘束時間が短かったってことになります。僕らにも時間ができました。一方、世間知らずで井の中の蛙という点では、僕らもまったく同じです。僕とセレアの大きな弱点と言えるでしょう。僕らが恐れているゲームの強制力。いつか本当に牙をむき、セレアは追放、僕は失脚という未来もないわけじゃありません。そのため、僕らは、僕たち二人だけで生きていく生活力がなければいけません。だから実習をすることにしました。前から一度やってみようと思っていたんです。

「二人で、家出をすると？」

「はい」

これは父上である国王陛下に、夏休み前から嘆願をしていました。セレアと二人で、陛下の執務室で話を聞いてもらっていたんです。

「家出ってお前……。事前に親に報告する家出など聞いたこともないわ。具体的にどうしたいというわけだ？」

驚きでさすがの陛下も素になります。

「僕らは王族。いつ失脚し、あるいは戦《いくさ》に敗れ、革命に逃げ惑うこともあるやもしれません。そのために、市民として生きていける生活力を養いたいのであります」

「その時は踏みとどまって最後まで闘え。王族として恥をさらすことなくいさぎよくせよ。国破れれば自らの首を差し出すことで、国民の命を守ることもまた、王たる者の務めである」

「それはわかっております。しかしたまたま命を落とさずに平和的に済んだ場合、生活していけなくて野垂れ死にすることが王家の矜持《きょうじ》と言えるでしょうか。妻や子供を落ち延びさせることさえも許されないとおっしゃいますか？　それとは別に、身分を隠し、一市民として市井《しせい》の者に紛れ、市民と同じ立場で治世を見ることもまた、学生のうちでなければ経験しがたい社会勉強となります。どうぞ三週間だけ、お見逃しいただきたいと思います」

「言っていることが無茶苦茶だ……。本気なのだな？」

「はい」

セレアと二人で頭を下げます。

「……いったいどういう理由で、そういうことになるのか、余にはさっぱりわからぬわ。セレア嬢にも今以上に苦労をかけることになろう？」

「いいんです、お義父様《とうさま》。私、一度シン様とそういう生活をしてみたかったんです。喜んで妻としてお供いたします」

セレアに「お義父様《とうさま》」と言われて、さすがの父上が一瞬、ぽわわんとしてしまいます。

結局、なんだかんだ言って強引に許可をもらってしまいました。当然、セレアのコレット家にも許可をもらっています。夏休みにセレアに会いに別邸を訪問していたコレット公爵は「でかしてこい」などとよくわからないことを言ってなんだか楽しみにしているようでしたが……。


決行前夜、セレアと持ち物を入念に選び、背負い鞄《かばん》二つにまとめます。

「楽しみだね――――！」

「わくわくして眠れないかもしれません！」

そんなことを言って、二人で早めに王宮で眠りにつき、翌日、日が昇る前に、普通の目立たない平民の格好をして、背負い鞄を背負って、王宮の隠し通路からこっそりと外に出ます。

僕らは、王子、王子妃（仮）として今までもずっと公務をこなしてきたわけですが、その実績が認められていて、国庫からきちんと年俸が出ています。今まで使うことが全然なかったので、けっこうな額の貯金になっています。平民としてなら数年は働かなくてもやりくりできるぐらいになっていますが、今回は二人で二か月分相当ぐらいの金貨を用意しました。

まずこれで、駅馬車の発着所に行きます。目的地は王都の隣、王国第二の都市、メルパール。予約していた八人乗り駅馬車に一般の旅人と一緒に乗り込み、出発。護衛の冒険者ハンターたちが守る十二車列の駅馬車に揺られていきます。

同席した、息子夫婦に孫が生まれたので顔を見に行くなんて老夫婦と仲良くなったりして。

「あんたたちも早く親に孫の顔を見せてやんな」なんて言われて赤くなったりしながらね。

夕方には到着。その日は二人で安宿に泊まります。新婚さん用の宿なんてのは泊まれませんから、相部屋。ベッドが二つある狭い部屋を借りて眠ります……。


翌朝、さっそく仕事探しです。

僕にはやってみたい仕事がありました。それはなにかと言いますと、コックです。子供のころから厨房《ちゅうぼう》によく出入りして、野菜の皮むきとか、メイドさんやコックさんの仕事を手伝いました。最初はあわてていたみんなも、だんだん慣れてきて、僕が遊びに行くとなにかしら仕事をくれたもんです。

王宮の中で子供の僕が遊びに行ける仕事場ってのが、それぐらいしかなかったってことですが。

馬の世話とかもかなりできると思いますが、それはさすがにプロにかないませんし、二、三週間だけ雇ってくれるところもないでしょう。ハンターとして狩りに行くのも論外です。お狩場で獲物をしとめる程度の腕はあっても、ハンター登録がまず無理です。こればかりは身分を隠してなれるもんじゃありませんしセレアも一緒ですから。

レストランとか食堂とか、求人の貼り紙を見て回ります。短期でも見習いで雇ってくれそうな、よさそうなところを見つけました。ウエイトレスと、コック見習い、皿洗いのバイト募集です。レストランの扉をくぐり、二人でご主人に面会します。

「若いねえ！　夫婦かい？」

「はい。シンドラーと、セレアンヌと申します。この街に滞在している間だけ、雇っていただければと思いまして」

「今かみさんが子供を産んだばかりでね、手が足りないんだよ。今日からでも働いてくれると嬉《うれ》しいねえ！　すぐ入れるかい？」

「はい、お願いします！」

びっくりしたんですけど、ここであの、馬車で一緒になった老夫婦と再会しました！　孫が生まれたって言っていた息子夫婦って、このレストランのご主人のことでしたか！

ご主人の紹介で、近くに安い共同住宅《アパート》を一か月の家賃の前払いで借りることができ、そこから通いで働くことになりました。家具はベッドとテーブルと椅子ぐらい。布団がありませんので、道具屋さんで寝袋を二つ買い、午後からはさっそく仕事です。僕は皿洗いに盛りつけ。セレアはウエイトレスです。

ちゃーんとメモを持って注文を受けるセレア、ビックリされていましたよ。お客とのお金のやり取りも完璧です。注文やお釣りを間違えるなんてことはあるわけないです。去年学園祭で執事&メイド喫茶やった経験が生きていますね。

「読み書きできて計算も速いのに、ウエイトレスとはもったいない！　就ける職が他にいくらでもあるだろうに！」って言われました。かわいいウエイトレスさんがいるってことで、評判になりそうです。

「上品な盛りつけするねえシン君！　才能あるよ！」

僕もほめられました。そりゃあ王宮の一流のコックが作る料理を毎日食べていましたから、それぐらいはできますよ。

店は夜まで続きます。お酒も出す時間まで。労働時間長い！　市民はこんなに働いてるのか……。

僕もセレアも夜遅くまで勉強したりしていますが、こんなに一日中同じことをやったのはこれが初めてですね。午後九時の鐘が鳴って、ようやくオーダーストップです。

「今日は初日だし、これで上がっていいよ二人とも。明日は朝十時に来て」

二人、クタクタになって、布団もない狭いベッドの上で寝袋で眠ろうとして、重大なミスに気がつきました！　枕がないんです！　買い忘れました。

……仕方がないです。今夜のところは、セレアを抱き寄せて、僕の腕枕で眠ってもらいます。すやすやと眠るセレア、かわいかったです……。

翌日、朝起きてから、教えてもらった風呂屋に行き、朝湯を浴びます。大きな湯船に浸《つ》かっていると、疲れが取れていくようです。これから疲れるための準備ですねえ……。

女の子はやっぱりお風呂が長いなぁ。風呂屋の出口でしばらくセレアを待つことになりました。しょうがないいね。部屋に戻って着替え、寝具店に寄って二人が並んで眠れる長枕を買ってから、レストランに出勤です。

十一時の店が開くまでの間、水汲《く》み、材料の仕込み、野菜の皮むきなんかを手伝います。

ご主人の奥さんが出てきて、あいさつしてくれました。お世話になってますって。

生まれたばかりの赤ちゃんも見せてもらいました。ちっちゃくてかわいかったです。セレアも抱かせてもらって、ちっちゃい手に指を握らせたりしてはすごく喜んでいましたね。

僕も仕事にだんだん慣れてきて、三日目ぐらいから野菜のカットも任されるようになりました。養護院で子供たちと一緒に料理してましたんで、これは僕もできます。子供たちは共同で自活していますので、料理も自分たちで当番制で作るんですよ。よく一緒に作りました。

「シン君はなにが作れるの？」

「ポトフ、ハンバーグ、温野菜、サラダ、卵焼き、焼肉……」

「もうちょっと頑張ろうか」

「はい……」

スパゲティをミートソースから作ってみます。翌日からは豚肉のトマト煮、ミートボールのクリームシチュー。鶏のロースト。だんだんレパートリーが増えていきます。もっぱら、お昼が終わってから、夕食の間までのお客さんが少ない間にご主人に仕込まれます。僕は必死にノートにレシピをメモしながらですよ。

「……シン君もできるようになるのが早いねえ。私の若いころはなんでも親方から見て盗んだもんだから、なにをやるにも時間がかかってしょうがなかったよ」

お役に立ててなによりです。ご主人も、暇さえあれば奥さんの元に赤ちゃんの顔を見に行っていますからね。仲の良いご夫婦で、見ていて微笑《ほほえ》ましいです。この間、セレアとはロマンティックなことはなんにもなし。二人ともクタクタになってすぐ寝ちゃいますからね……。

☆彡

一週間目、やっとお休みの日です。前日に給料をもらえました。

「先に一週間分の給料を払っておくよ。これで二人で少し街でも見て回りなさい」

金貨を五枚もらえました！　一週間二人で目いっぱい働いてこれだけかあ！

まあ、朝食、昼食、夕食をまかないで食べさせてもらっていますから、これでしょうがないか。平民の、手に職を持たないアルバイトの悲哀がわかりましたね。

今日は二人でアルバイトを始めてから、初めての休日です。

どこに行くかって？　決まってますよ。今日はご領主様の結婚式が行われる日なんです。

実はこの地、メルパールは、前生徒会長、エレーナ・ストラーディス公爵令嬢がお輿入れされたビストリウス家の領地なんです！　領主の長男、公爵子息ラロードさんと、学園の卒業生、エレーナさんの結婚式が、今日、市内の教会で盛大に行われる予定です。領民も一目、お国の領主様跡継ぎを見るために大勢集まります。

街はお祭り騒ぎ。屋台もたくさん出て、音楽隊や大道芸人たちが見世物を競っています。僕らはそれを二人で一緒に、楽しく見て回りました。貴族たちの馬車が教会前に列を作り、礼服のドレスにタキシードの紳士淑女のみなさんが教会に入っていきます。僕ら市民はそれをほーっとため息しながら見てるわけです。

本当だったら僕らも友人として、学友として出席してもおかしくないと思いますが、公爵家から王家に招待状を出すというのもないようで、そんなものは届きませんでした。だったら僕らのほうで押しかけてお祝いしてあげましょう。一市民としてささやかにね。

結婚式が無事に終了したようで、教会の鐘がからんからんと鳴ります。お二人、教会のテラスに出てきて、教会の周りを取り囲んだ市民に手を振ります。白いウエディングドレス、素敵ですよエレーナ様。さ、これは僕らも目立たなければ気がついてもらえませんね。

セレアが抱えていた布を広げます。僕はそれを持っていたデッキブラシの柄《え》に縛りつけて、上に掲げます。右に、左に、振っているのは王家の紋章の入った旗！

お二人、僕らに気がついて驚愕《きょうがく》ですよ。口あんぐりでした!!

この街の市民は王家の紋章なんて見てわかる人もそういないでしょうし、市民のみなさんにはなにやってんだこいつらって目で見られましたけど、お二人はそれを振っているのが僕らだと気がついてもうこれ以上ないぐらいの驚きよう。わざわざこの街まで出かけてきて、市民に紛れ、王家としてお二人の結婚を祝福するというアピールですからね。

気がついてもらったところで、デッキブラシを下げ、旗を畳み、みんなと一緒に拍手します。二人、引っ込む前に、最上級の礼を取って僕らに頭を下げてくれました。お祝い、伝わったでしょうか。

最後に僕らを見た新郎新婦に、僕とセレアで口の前に一本指を立てます。僕らが来てる。今街にいるってのはナイショだよってことです。二人、苦笑いして手を振って、テラスの奥に消えました。

領主のご子息の結婚を祝う市民の歓声が、いつまでも続きました……。

在学中は失礼に失礼を重ねてしまった生徒会長、エレーナ様。これで許してもらえるでしょうか。

いろいろゴメンナサイです。幸せになってね……。

「僕ら、十歳の時に、あんな結婚式挙げて、ごめんねセレア……」

「そんなことないです。私、すごく幸せでした。きっとどんな結婚式よりも、嬉しかった……。世界で一番幸せな十歳でした……」

ぷちゅって、セレアが、おやすみのキスをしてくれました。

☆彡

僕らのアルバイトも、最終日が近づいてきました。週末、今日はこのレストランの名物料理、クリームパイです！　朝からオーブンに火入れして、薪《まき》を燃やし、熾《お》き火にして。

「あーもうちょっと待て。煙が出ているうちはまだだめだ！」

火加減がキモですからねえ。慎重に、慎重に。

「よーし、突っ込め！」

お客様が来る夕刻に合わせて、次々とパイ皿を入れていきます。週に一度のクリームパイの日、夜のお客様の席がほぼ満員です！　注文を取って、レストランの客に出していくセレア。お客様も、いろいろです。デートの最後をレストランでしめくくる若いカップル。落ち着いた老夫婦、子供連れのご夫婦、なぜか面白くなさそうに不機嫌なご老人。くたくたに疲れたお役人。みんながこのレストランの食事を楽しみにして来てくれた人ばかりです。一皿、一皿、丁寧に、かつ素早く盛りつけて、準備していきます。

「シン君、腕が上がったなあ！」

ご主人も感心してくれます。なかなかやるようになったでしょ、僕も。

それをかわいらしく上品なセレアが運んでくれるものですから、お客さんの顔も緩みます。

おいしそうに食べてくれる笑顔が嬉しいですね。料理人って、なんてやりがいのある仕事だろうって思います。お客さんが喜んでくれるところを直《じか》に見られる職業って、考えてみればそんなにないですよね。普通のお店は買い物して、お客さんが喜ぶのは家に着いてからですし。なにが不機嫌だったのか、ずっと仏頂面だったご老人も、食べ終わるころにはにこやかになっているんですから料理人って、すごいな。

からんからんからん。お店のドアを開けて入ってきた客。

うぎゃあああああああ！　シュバルツです！

「名物のパイとディナーを」

……さすがにセレアがおどおどしながら注文を取りますね！

逃げきれなかったか。いや、僕らのことずーっと監視してたに決まっています。なにもかも全部承知のうえで、来たんですね！　そうでなけりゃ、バイト最終日に合わせて、わざわざ店に来るわけないですもんね！

シュバルツ、一人で遠慮なくディナーを楽しみ、ワインを一本空けて、帰っていきました。僕らが行方不明になってた三週間、なにやってたか一つ残らず国王陛下に報告が行くわけですか。あとで何言われるんだろう……。怖いよう。

「シン様」

「ん？」

セレアにちょっと笑われます。

「前髪焦げてる」

「えええ！」

触ってみると、確かになんかちりちりになってます！　焦げ臭いし！

「あっはっは、オーブンに一日張りついてると、どうしたってそうなるよ！」

ご主人にも笑われました。あーあーあー……。

夜遅くまで皿洗いをして、ようやく終了。

「二人とも三週間、よくやってくれた。助かったよ。本当は子供に手がかからなくなるまで、もっとずっと働いてもらいたいぐらいだ。この先どうするんだい？」

「故郷に帰ろうと思っています」

「そうか……。でも、もしなにかあったら、真っ先にここに来てくれ。いつでも雇ってあげるし、仕事も仕込んでやるよ。君ならきっといいコックになる」

「ありがとうございます」

「二人、まだ若いのに、もう夫婦になって働かなきゃいけないなんて、なんだか申し訳ない気がするよ。君たちぐらいの年だったら、まだ学生ってやつもいっぱいいるだろうに……」

「お世話になりました。本当にありがとうございました」

暗くなった街を二人で歩いていると、店の外の塀にもたれかかって、シュバルツが立ってましたね。

「こんばんは、殿下、セレア様、休暇は楽しめました？」

「……僕らが休んでいたように見えたかい？」

「いえまったく」

そのニヤニヤ笑いはやめてほしいなあ……。でも、ひさびさに会ったシュバルツに、安心しました。もう大丈夫って感じがします。

「明日には帰るよ。今夜はゆっくり休ませて」

「もちろんです」

翌朝、二人で三週間を過ごした狭いアパートを引き払って、ゴミを出して、洗濯屋さんに出していた着替えを受け取りにいって、二人で荷物をまとめました。

この街に来た時と同じように、平民の服を着て、鞄を背負って立ち上がります。

「さあ、帰ろう！」

「はい！」

二人で、駅馬車乗り場まで歩きます。この先、なにがあっても、きっと二人で生きていける。そんな自信と、セレアとの絆《きずな》を感じる、そんな夏休みでした。

もちろん王宮は王子不在で騒ぎになっていまして、国王陛下が「使者の用を頼んでおる」とごまかしまくってくれたのではありますが……。

王宮関係者の方たちにも、不在の理由を聞かれます。

「かねてから交流のあるエレーナ・ストラーディスさんと、ラロード・ビストリウス殿の結婚式に、お忍びでお祝いを」と言い訳しまくりました。

公務たまっちゃったなあ……。

病院ではいよいよ、スパルーツさん主導でペニシリンの臨床試験が始まりました。肺炎が悪化した老人患者などに、家族の了解を得て試しているようです。効果はほぼ期待通り。症状の悪化を食い止め、死を待つだけだったような患者も回復が見られました。効果はあるようです。

破傷風や、それ以外にも梅毒のような性病にも処方することが検討されています。梅毒菌っていうのは存在が未《いま》だに不明で、単独で培養することができないらしく、今をもってしても謎の病気です。放置しておけば結局死ぬことになりますし、感染症でもありますので積極的に臨床試験を行っていく予定です。

貴族、聖職者にとって大変不名誉な病気ですからね、これにかかることで密《ひそ》かに更迭《こうてつ》されたり、廃嫡されたりする貴族、聖職者は少なくありません。まだまだ抽出に膨大な手間がかかる高価な薬です。薬草を煎じて飲む、なんてのとはまるで違う新しい医療技術です。お金持ちから治していきましょうということになっています。

残念ながら狂犬病には効果なし。天然痘は、わが国で撲滅が急速に進んでいますので、外国で臨床試験する予定です。種痘の技術を伝授された外国からの研修生に、フリーズドライした結晶ペニシリンを持たせて帰国させ、天然痘患者に処方して、経過を見てもらうことになっています。そんなことを、学院でスパルーツさんから報告を受けました。

セレアの話では、「天然痘と狂犬病はウィルス性の病気ですから、抗生物質では治らないはずです」とは言われています。でも、確認することが大事ですから。ペニシリンが万能薬のように誤解されて、効かない病気にまで無駄に浪費されていいわけじゃないですし、これらの臨床試験にはちゃんと意味があるってことです。

☆彡

夏休みが明けて、二学期が始まりました。びっくりですよ！　ハーティス君が真っ黒に日焼けしてます！　あの色白で、小柄で、女の子みたいにかわいかったハーティス君が！

「ジャックさんの領地に招待されましてね、ブートキャンプをやってきました！」

へーへーへーそうですか……。後ろに長く束ねていた長い髪も切ってしまいまして、さっぱりしてます。それでもまだ、後ろから見たらショートカットの女子みたいではありますが。

領兵の人たちと一緒になってジャックの指揮で鍛えられたそうでして、前から見ると、なんだか男らしく精悍《せいかん》な顔つきになってますよハーティス君。ひと夏の経験で男もずいぶん変わるものです。

これに関しては周りの女子の反応が真っ二つに分かれたようで、「前のほうがかわいくてよかった」

派と、「急に男になったみたいでドキドキしちゃう」派で。

「受け攻めが逆になったんだとよ」

「ジャック、それ意味わかって言ってる？」

「いや俺もまったくわかんねえけど。お前意味わかる？」

「僕もわかんないよそんなこと……」

なんだかなあ。まあ、みなさんそれぞれ充実した夏休みを過ごされたならそれでいいです。


昼休み。学園祭も近づいてきていますので備品のチェックをしておきましょう。体育館裏の備品倉庫にチェックシートを挟んだクリップボードを持って向かいます。

「ふふっ……。かわいいやつだな、お前は」

おっとお、なんか怪しい声が体育館裏から聞こえてきます。

そっと顔を出して覗《のぞ》いてみますと、クール担当、フリード・ブラック君が、にやけた顔で黒猫を抱き上げてむにゅむにゅしています。なにやってんだか……。いつものクールッぷりが台無しです。

座り込んで、猫を膝の上に置いて撫《な》で回しておりますな。猫好きなのかな？

「ほら、食べろ」

そんなこと言いながらポケットから出した干し肉をかじらせております。

「お前は本当に、気まぐれで、甘えん坊で、寂しがり屋で……」

痛い独白始まりました。意外とポエマーですなクール担当。

「それなのに、俺がそばにいてほしい時はちゃんとそばにいる。不思議なやつだ……」

わざわざ体育館の裏に猫に会いに来て、なに言ってんでしょうこの男は。

独り言ってのはね、聞かれても大丈夫なことを前提に話すべきです。僕ら王族貴族は何気なく放った一言に言質を取られ、利用されてしまうこともあるのですから、そこは不注意であってはいけません。ちょっと無防備じゃないですかねえクール担当？

「こんな俺でも、相手してくれて、甘えてくれて……。そんなわがままさえ、今は愛《いと》しく思う。この気持ちはなんなんだろうな。まるであいつのように」

それは攻略されちゃってるっていうんだよ。ハマっちゃってますねえヒロインさんに。

「あいつも、お前みたいに、俺だけに振り向いてくれたらいいのに……」

それは違うと思うよ。猫って、そこらじゅうの人間から餌もらって喜んでるよ。君にだけじゃないのは普通だよ。そこはヒロインさんと同じだよ。気づこうよ。

「わかってる。俺が冷たいせいさ。彼女への気持ちが悟られるのが怖くて、素直になれない。だが、俺はこの気持ちをどうしたらいいのかわからない。いや、わからないふりをしているだけなのかもしれないな……」

そう言って、ふーってため息します。重症ですねえ。

「俺はいつか、この心の仮面を、外すことができるのだろうか……」

あいたたたた……。なんか恋愛相談に乗ってあげたくなります。君の仮面なんて、バレバレだよ？　お面と言ったほうがいいぐらいだよ。素直になりたいとかなんとか言う以前にね、その格好つけなやせ我慢をやめたほうがいいと思うよ？

さてクール担当と猫のラブシーンいつまでも覗いているわけにもいきません。こっそり離れてから、わざわざ足音高く、「えーとこっちだったっけかな」とか独り言を言いながら角から倉庫に歩み寄ります。

「お、妙なところにいるなあ。何やってんの？」

今気がついたみたいに声をかけます。クール担当君、一瞬動揺しましたが、すっと立ち上がって「なんの用だ」とクールを装います。いやもう手遅れだよ。それは言わないけどさ。黒猫がストンとフリードの手元から滑り落ちて、走っていっちゃいます。

「学園祭が近いから備品のチェックだよ。ちょっとそこ避《よ》けてくれるかい？」

そう言って倉庫の鍵を開けます。

「……お前そんな仕事までやってるのか？」

クール担当がちょっとびっくりしてますね。

「どんな仕事もやるよ？　それが生徒会長ってもんさ」

ガラララって引き戸を開けて、埃《ほこり》だらけの備品倉庫を覗き込みます。

「うーん、この看板は使い回しすぎだな。今年は新しく作るとするか……」

「……邪魔をした」

「あーちょっと待って」

せっかくですので少し話したいです。

「どう？　あのピンクの髪の子、まだいじめられてそう？」

「……なぜそれを俺に聞く」

めんどくさいやつだなあ。

「一緒にバケツの水をかぶっておいてなにをいまさらでしょ。あれからどうなったか僕が気にしちゃいけないかい？」

「お前も、リンスに気があるのか？」

「『も』ってなんだよ『も』って。一緒にしないでよ」

今のは失言だったと、クール担当、失敗したって顔します。

「僕には婚約者のセレアがいる。愛してるよラブラブだよ？　他の女の子なんてどうでもいいよ、バカバカしい。それは言っとくよ」

「言うなあ……」

あまりにもミもフタもない僕の言い方にクール担当あきれます。

「だったらなぜ彼女に手を貸す？　ピカールに聞いた。今までも背中に張られた中傷文を隠そうとしたり、破れた教科書を取り替えてやったりしたそうだな。なんで王子たる者がわざわざ水をかぶるなんて、そこまでする？」

「この学園が好きだからさ。学園からいじめをなくそうとするのがそんなにおかしいかい？」

「ウソだな」

「んー、なんでそう思うの？」

「お前にメリットがない」

「君はあの場で素早く損得勘定した結果、メリットがあるから水をかぶったのかい？　どんなメリットがあったのか、今後の参考に教えてほしいな」

「……あれは、あそこで断ったりしたら……」

「あそこで水かぶるの断ったら、そりゃあカッコ悪いもんなあ！　男として！　あっはっは！」

痛いとこ突いちゃいましたか。僕をにらみつけますね。

「……君ねえ、よく思い出して。あの場に僕の婚約者のセレアもいたでしょ。しかも一番に水かぶってくれたのがセレアだよ？　自分の婚約者にまで水をかぶせるって、カッコいいかい？　みんなあきれてたよね。つまり、僕はアレをカッコつけるためにやったわけじゃ全然ないの。僕とセレアにはそれができる信頼関係がもうあるのさ。僕にはあのピンク頭さんにモテたいとか、気を引きたいなんて気はサラサラないね。断言しとくよ」

「……お前がリンスに普段、冷笑的なのは俺も知っている」

「よく見てるね」

「しかしアレはやりすぎだ。偽善だ。まるで自分たちが彼女をいじめているのを疑われないようにするために……」

うーんしつこいな。これがゲームの強制力ってやつなのかな？

「冗談やめてよ。僕やセレアが彼女をいじめなきゃならない理由ってなにさ？　そんなの一つもないんだけど？」

「成績だ。彼女は今どんどん成績アップして順位もお前に近づいている。お前の婚約者も抜いた。いずれは邪魔になる」

えーえーえー……。いや、そんなふうに見えるの僕？

「勘ぐるなあ……。それじゃ僕は彼女が僕の成績をおびやかすことを予想して、入学当時からずっと彼女をいじめてたってことになるのかい。水をかぶせたら彼女の成績が下がるのかい？　その答えは予想外だったよ」

なんでそう僕をにらむの？　なんかヘンなこと言ってますかね僕。

「そんなふうに考える奴いるかねえ……。もしかして彼女がいじめられているのはそのせい？」

「目立っている。生意気だと思われている。平民出身だということもあわせて、高位貴族の女子どもの反感を買うのは当然だろう」

それだけじゃないんだよ……。学園のイケメンを片っ端から自分のモノにしてるからだよ。君、自覚ないんかい？

「あのねえ、僕は憂慮《ゆうりょ》しているんだよ。僕が成績トップって、全然いいことじゃないよ？　わかる？」

「わからん。なにを言ってる」

「つまりこの学園には僕より頭のいいやつがいないってこと。それって、将来僕が国王になった時、僕の助けになってくれる人材がこの学園にはいないってことになる。国政の運営上、それは困る。僕一人じゃなんにもできないよ」

「……」

「優秀な人材は大歓迎さ。早く僕の成績を抜いてほしいねえ。それが誰であったとしてもね。僕はそう考えている」

「ウソだな」

こいつすぐ「ウソだな」って言うんですよね。決めゼリフですか。それカッコいいと思ってるのかねえ？

「そう？　君の考えだと、自分の成績を抜きそうなやつがいたら、いじめて学園を追い出さないとおかしいわけだ。君は自分が王子だったらそうするんだ」

「そんなこと俺がするか!!」

「しないよね。自分より頭の悪いやつしかいない国。君だったらそんな国、背負いきれるかい？　僕には無理だね」

チェック、チェックっと。椅子とテーブルの数は十分かな。演劇部の大道具、これは部長さんに見てもらったほうがいいなぁ。昔やった分はある程度処分しないと、倉庫がいっぱいだよ。

「ウソだと思うんなら成績で僕を抜いてみなよ。たちまち僕が君をいじめに来るはずだよね？　君を全力で学園から追い出そうと嫌がらせをしに来るわけだ。そりゃあ楽しみだねえ！」

「ほんっとうにイヤなやつだなお前は！」

あっはっは！　それ言われたの二回目かな！

「人のことをウソツキ呼ばわりするのはイヤなやつじゃあないんですかね……」

「……俺は自分で見たことだけしか信じないことにしているだけだ」

「そりゃあ大変だ。学園で学ぶ意味がゼロだよ。今すぐ退学して旅に出て、見聞を広めるべきじゃない？　ずいぶん人生無駄にしてるねえ」

「……クソが」

「カッコいいセリフは行動が伴ってないとマヌケってことだよ」

それは覚えておいてほしいですね。

「いいかい？　王子である僕が、気に入らないやつがいるなら、わざわざいじめたりしなくたって学園に言って退学させればいい。そうは思わないかい？」

「……」

「でもそんな手は使っていいわけがない。使えないんだ。いじめを止めたいと思っても、いじめをやっているやつを捜し出すことも、そいつを退学にすることもできない。王子といえども水だってかぶらなきゃならないのはそれが理由」

「綺麗《きれい》ごとだ」

「その綺麗ごと以外の手段を使ったらだめなのが、王子ってやつでしてね」

チェックが終わって振り向きます。王子でいるって大変なんだよ？　裏工作だの、悪いことだの、できないんだよ。少しはわかったかな？　真顔で表情凍らせていますね、フリード君。

「呼び止めて悪かった。これからもあの水かけられた子がいじめられたりしないように、それとなく見守ってあげて。なにかあったら生徒会に相談に来てよ。いつでもいいよ。頼んだよ」

「……わかった」

「わかってもらえて嬉しい。ありがとね、フリード・ブラック君」

物置のカギを閉めて、振り返ると、あの猫がじーっとこっち見ているんですよ。

話が終わるまでスタンバっていたのかな？　まだ肉もらえると思ってるのかねえ。ほんとヒロインさんみたいだよ。

☆彡

翌日、学園の正面ホールの出入り口の寸法を測ります。飾りつけのゲートと、「フローラ学園祭」って看板をつけないといけませんから。倉庫にあったやつが古いので、今年は新調したいです。

ホール入り口の外で……ケガした腕を吊《つ》る三角布と、杖《つえ》がいらなくなったけどまだ包帯巻いてる脳筋担当、パウエル・ハーガンが、黒猫と戯れています。シュールです……。

「お前はいいよなあ、猫で……」

なに言い出すんだこの男——！

「自由でさ……。俺なんか、親の跡を継ぐってプレッシャーで、大変だよ。近衛隊は『舐《な》められたらおしまいだ』なーんてオヤジに言われてさ、さんざん威張り散らしてやったけど、このザマさ。平民のガキにも勝てなくてコテンパンだぜ？　いい恥さらしだってオヤジに怒鳴られたわ」

そりゃあコテンパンにして悪かったパウエル君。でも近衛隊長って世襲じゃないからね？　君が継ぐ必要なんてまったくないからね。僕はシュリーガンを後釜にするつもりだから、君、出番ないよ。そこは覚えておいてほしいなあ。

「でもな、彼女は言ってくれたんだよ。『強いあなたが一番素敵！』ってな！　『強盗団をやっつけたんでしょ！　市民を守ってくれたパウエル様は、もう立派な近衛隊ですよ！　名誉の負傷です。尊敬します！』ってさ」

ピンク頭にもその言い訳しているんですか。あとでバレても知らないよ？

「俺は今より、もっと、ずっと強くなる！　武闘会で、三年連続で優勝してやる！　そのためにはどんな手だって使う。そして、彼女に結婚を申し込むんだ。お前も見ててくれ。俺はやるぞ！」

猫に見てもらってどうすんです。彼女に見てもらいましょうよ。「どんな手だって使う」ってところがアウトですねえ。要注意人物です。

こいつゲームだとそうひどいキャラでもないんです。親のせいでどんな手を使っても勝たなきゃ、ってプレッシャーがいつもあるんですけど、一年生の武闘会で僕と決勝を闘《たたか》った時、僕に「王子と思うな、本気で来い！」って言われて、それで目が覚めるんです。王子でさえ身分を捨てて正々堂々と闘っている。それと比べて自分はどうだってね。

で、武闘会後はパウエルは、卑怯《ひきょう》な手を使わない真の騎士を目指し、ヒロインさんとも知り合って、彼女に対して恥ずかしいマネはできないと、正義感あふれる熱い男に変わるんですが……。

本来なら二年生で転入してくるヒロインさん、一年の時パウエルが僕に勝ったことになっているらしいですが、僕、一年の武闘会に出場しないで華麗にスルーしちゃいましたんで、そんなイベント発生してませんということで。そのイベントがないと、こんなカッコ悪い人間になっちゃうんだ。そんなの予想つかないって。

バタンと音を立てて扉を閉めます。パウエル、びっくりして振り返りますね。

「あー、パウエル君、いいところにいた。ちょっと手伝って」

「あ、え？」

驚くパウエル。僕を見た黒猫、走って行っちゃってから振り返って、こっちを見ています。

「学園祭の飾りつけ作るからさ、門の寸法測りたいんだ。メジャーの片方持ってくれないかな」

「……なんで俺が」

「ヒマそうじゃない。少しは学園行事に協力してよ。奉仕の精神がないやつは騎士になれないよ？」

パウエルは大男ですから、ちょうどいいです。寸法を次々測って、クリップボードに図面描いてメモしていきます。

「俺は前から疑問なんだが、あんた本当に王子なのか？」

「公務ではちゃんと王子やってるって。見たことないかい？　めんどくさいから学園にいる時ぐらいは王子はやめてくれって言ってるだけさ」

「こんな仕事やる必要あるのか？　誰かにやらせればいいじゃないか」

「だから君に手伝ってもらってるでしょ。生徒会メンバー知ってるだろ？　女性が二人に、あとはハーティス君。僕が一番背が高いから」

「……聖人君子を気取ってるつもりか」

「この程度で？　君はこんな仕事手伝ったくらいで、みんなのために働く俺すげえ、俺偉い、俺って聖人君子っていちいち思うわけ？」

ちょっと僕のことをにらみますね。王子が聖人君子なんて、国民にとって最悪でしょ。そんなバカ王座に据えて国が持つわけないってば。世の中綺麗ごとばかりじゃないんだからさ。汚いことを綺麗にやるのが王子ってもんです。

「俺はあの時、なんであんたが水をかぶったのか、すぐにはわからなかった。なんで王子がここまでやるんだって。でも後々考えてみると、確かに王子や俺らにまで水をかけたとなると、犯人はビビってもうできなくなる。実際、リンスがあのあといじめられたという話は聞かん」

「そりゃあよかった」

「だが、そこまでリンスに肩入れする理由がわからん。あんたにしてみればあの子がいじめられたって別にどうってことないだろ。なんでだ」

「パウエル君としては、犯人をとっ捕まえて、糾弾して学園から追い出したかったんじゃないの？」

「まさにそれだ」

「それは困る。学園から退学者を出したくはない。そんなことになったらその生徒の人生は終わりだろう。この程度の学園卒業できないんじゃあ貴族としてはだめすぎるよ。そこまでやっていいものと思うかい？　人間はそんなに完璧な存在じゃない。間違ってるってことを教えてやればそれでいいでしょ」

「……犯人を知ってて、かばってるのか？」

「知らないね。そんなことより、まずいじめをこの学園からなくすこと。そのほうが優先順位が高いだろ」

「いや、あんたは間違ってる。それは厳しく断罪しなければ正義じゃない。俺はそんなやり方は賛成できない」

「賛成できないんだったら、もう水をかぶるなんてことはしなくていいよ。今後はもう君にはなにも頼まないことにしよう。ご苦労様でした」

メジャーを巻き取って、抱えます。

「もしこれからもあのピンクの髪の子がいじめられても、犯人がわかっても、自分でどうこうしてやろうとはすぐには考えないで。彼女のことはそれとなく見守って、なにかあったらまずは生徒会に相談してほしいと思っている。でもそれは君に頼むのは無理っぽいね」

「当たり前だ」

……うん、生徒会長の頼みも聞いてくれない人間が、将来近衛隊で誰の言うことを聞くんでしょうね。もしコイツが近衛隊の採用試験に来たら、面接で落としましょう。

「あんたのやってることは偽善だ」

「王子のやることなんて一から十まで全部偽善に見えて当たり前でしょ。偽善者だって言われることを恐れて、王子が務まるかっての。そんなことは百も承知だよ」

自分は正義だと思い上がっているのに、自分の尺度だけでしか物を見られないやつの典型ですね。自分よりいいことをやってないやつは正義が足りてないと思うし、自分よりいいことをやっているやつがいたら偽善だって決めつける。僕はそんな人間をうんざりするほど見てきたよ。

「あんた……」

「ん？」

「リンスに、気があるのか？」

こいつもかい。

「僕には愛する婚約者のセレアがいるんだから、他の女の子はどうでもいいんだけどね。学園でいじめがあるならそれを止めたい。あの時、僕と一緒に水をかぶったセレアだってそう考えてる。それだけだよ」

そう言うと、なんかほっとして安心した顔になりますね脳筋。僕もライバルに入ってたんかい。余計な心配すんなよ。あの時お前をコテンパンにしたの、実は僕だって知ったら、どうくるでしょうねえ。ま、知らぬが仏かな。


「ラララ、ラ〜〜〜♪」

学園祭実行委員長と打ち合わせがしたかったんですが、演劇部の舞台となる講堂にいるって聞いたんで、行ってみると、バカ担当ピカールが舞台の上で猫と踊ってました。

……いや、なんちゅうかね、黒猫を胸に抱え、その前脚を左手で小さく握って、クルクルステップを踏んでいるんですよ。

「ああ、リンスくん、なにをやっているんだ。早く来てくれないとぼくはこの気持ちを抑えきれない。きみと踊りたいというこの衝動が！　ラララ、ラ〜〜〜♪」

安定のバカっぷりです。隠す気ゼロですか。さすがです。

「ピカール様、あの、練習でしたら私がお相手しますが」

見かねた演劇部の女子部員が申し出ます。

「ありがとう、子猫ちゃん。でも今のぼくは、もう少し、この小さなレディと踊っていたい。彼女の体温、息づかいを感じていたいんだ。それはきっとぼくのインスピレーションを刺激する。見えるかい？　ぼくに、今まさに舞い降りようとしている天使たちが！」

メスだったんですかその猫。くるくると回って足を後ろに伸ばして身をそらしピクチャーポーズ。いや猫は猫背だからそのポーズはきついと思うよピカール。ほら、暴れ出して手から逃げちゃったじゃない。ひゅんひゅんひゅんっ！　さすが猫。逃げ足の速いことったら。

「あああぁ……。残念。ラストダンスから逃げるきみはまるでシンデレラ。きっと捕まえてみせるよ」

手を伸ばすな手を。猫の迷惑考えろ。

「最近どこでも見るなあ、あの黒猫」

「やあ、永遠のぼくのライバルにして、共に競い合うことを運命づけられた親友のシンくん、ぼくの華麗な舞台を見学に来たのかい？」

「勝手な設定やめて。君、演劇部に入ったんだったね。どう調子は」

「なにもかもが順調さ。しかしぼくが目指すものはパーフェクト。その高みはどこまでも限りがない」

「そりゃ心配だ」

その情熱、斜め上の暴走しなきゃいいですが。

「演劇部長、本当にコイツが主役でいいの？」

「もちろんです」と言って、部長が苦笑い。「(パトロン様ですから)」って小声でささやいてくれます。

あー、ピカールの実家の、バルジャン伯爵の全面的なバックアップがあるんでしたか。

そういや建設中の舞台セット、どう見ても学生じゃない男どもが何人も大工仕事してますわ。大人を使うなよ。学生の本分の範囲内で活動してほしいです。

「ピカール君、なんの役？」

「王子様に決まってるよ！」と舞台の上からピカールが返事します。

どんな王子様だよ。内外に誤解を広めるようなことはやめてほしいです。

「はいはい、不敬罪で捕まるようなことだけはやめてね」

「気をつけます」

部長さんにそう言われてかえって不安になりました。

「去年の学園祭ではきみとの勝負は決着がつかなかった。残念だったよシンくん」

「勝負ってなに？」

「忘れたのかい？　ミスター学園さ。学園の本当のプリンスは誰か、勝負だ。今年はぼくがその栄冠に輝く。負けないよ」

「本当のプリンスってなんだよ……」

本物の王子の前で言うセリフかい。

ミスター学園、去年は演劇部の部長でしたか。そんな称号、のしつけて差し上げますって。

ここまで、攻略対象にそれとなくヒロインさんの様子を聞いたりしていましたが、コイツには必要ないですね。コイツ、ヒロインさんがらみでトラブルが発生すると、なぜか真っ先に僕のところに来ますもんね……。

実行委員長がいましたので、演劇部長さんを交えて話します。

「上演時間はどれぐらいになるでしょう？」

「えーと、実は通し稽古を一度やらないと不明でして。一時間半はかかると」

「そんなに長いセリフ覚えられるのかねピカール……。なるべく早くご連絡ください。プログラムの作成に関わりますので」

「ピカール君のセリフはだいぶ減らしました。時間については善処します。今週中にはなんとか」

「頼みますよ」

講堂を出ます。うーん！　外の日差しがまぶしい！

ふと横を見ると、ハーティス君がいました。うずくまって、黒猫を相手に話しています。小脇に丸めて抱えているのは文芸部のポスターでしょうか。話しかけようとして近づいたら……「ふふ、君の黒い毛並みは、まるであの人のようにツヤツヤだね……」と言って、撫でまわしています！

「僕の片想《かたおも》い。報われない恋。僕は王子様にはなれない……残念だけど」

こ、これはだめだ。聞いたらだめなやつだ！

「でもいいんだ。僕はあの人のそばにいられれば、それでいい。あの人の声、あの人のつややかな黒髪、あの人の笑顔、たとえ手に入れることはかなわなくても、僕は近くにいられればそれで……」

なんでこの猫を前にするとみんなポエマーになるんですか。僕はハーティス君に気づかれないように慎重に後退《あとずさ》りし、その場を離れます。ハーティス君、猫を抱きしめて。

「ああ、セレ……」

僕は全力ダッシュでその場を逃げ出しました。ごめんハーティス君！　なんかゴメン！

濃いメンズに当てられてセレアで口直ししようと、文芸部の様子を見に行くため廊下を歩いていると、「あ、シンくぅぅううう――――ん！」って呼び止められました。

この甘ったるい声はアレですね。ピンク頭さんですねえ。もう廊下で呼び止めるのやめてよ。バカ同盟の一員だと思われるじゃない。後ろに手を回して、上目遣いでそろーり、そろーりと近づいて、ぱっと手を前に出します。しぐさもポーズも、あざといなあ。

「演劇部のチケットです！　これをシン君に渡したくって、捜してました！　ぜひ観に来てください！」って首をちょっと傾けた満面の笑みで。

「ああ、リンパさん、君、演劇部だったんだ」

「リンスです！　リ・ン・ス！　リンス・ブローバー！　シン君ってもしかして頭悪いんですか？」

天下の学園廊下で堂々と王子をバカ呼ばわりするヒロインさん、いい度胸です。

「そうだっけ？　ごめんごめん。……って、ちょっとまって。チケットがあるって、有料でやってるの演劇部!?　有料だったら、悪くて受け取れないよ」

「無料でやってるんですけど、ただ、入場者が毎年すごいので、優先券ですね。ぜひ観に来てください！」

「講堂は全校生徒が入場できるけど？」

「学外からもお客様が大勢観に来ますから！」

　へーへーへー、そりゃあすごいですねえ。

「ちょっとまって、なんで一枚なの？」

「そりゃあ、シン君に観ていただきたいからです！」

「こういうのって、普通、ペアでくれるものじゃない？」

「ぜひシン君に一人で観ていただきたくて……」

「それは無理だなあ。その間、僕の奥さんのセレアのこと、ほうっておくわけにいかないからね。僕たちだってこの学園祭、すごく楽しみにしているんだから一緒に見て回りたいじゃない。ペアで券くれるんだったら、観に行ってあげられるかもしれないけど、どう？」

「……なんで奥さんなんですか。婚約者でしょ。しょうがないですね」

　あきらめ顔で彼女がチケットくれます。何気ないやり取りの中でものすごい攻防が行われていることがわかるでしょうか。

「きっとですよ！　絶対観に来てくださいね！」

まあせっかくです。ヒロインどうこう言う以前に、僕もセレアも舞台は大好きですので、これは観に行きましょう。せいぜい笑わせてくれることを希望します。

図書室に行きます。図書室が文芸部の部室であり、展示会場になります。

「今年はなにやるの？」

「今まで作った創作紙芝居を展示しますよ」

「やって見せるの？」

「展示だけです。ストーリーやセリフも一緒に貼っておきますので」

地味だなあ文芸部。ま、文芸部って、そういうものでしょうね。

みんなが童話や昔話を題材にしている中、セレアの「ピーチ太郎」が異彩を放っています。二百匹の魔物が警戒している魔物ヶ島にピーチ太郎と、犬とキジとサルで海中から上陸して密《ひそ》かに潜入工作し、武器や道具は全て現地調達。四天王と一人ずつ対決してから、最後は魔物ヶ島の魔物たちが極秘裏に開発していた中枢部のメタルゴーレムを爆破ですか。エンディング変わっちゃってるよ……。最後、隕石《いんせき》魔法メテオじゃ、犬とキジとサルの出番ないですもんね……。

自分のクラスの教室に戻ろうと渡り廊下を歩いていたら、黒猫いました。にゃーんってかわいく鳴いて、すりよってきます。

「人懐っこいなあ、お前」

僕もしゃがんで、猫の相手してみるとしますか。喉を撫でてやると、ゴロゴロと鳴らして横になります。

「お前、モテモテだな。イケメンに囲まれて楽しかったかい？」

ふにゃーって、あくびします。

「なるほどねえ、ホントにピンク頭みたいだな、お前」

「シン様！　その猫から離れて！」

その声に起き上がって、ひゅんっと逃げる猫！

渡り廊下の向こうから、セレアが小走りに走ってきます。

「え、どうしたの？」

セレアがにらむように猫が走り去ったほうを見ていますね。なんかあった？

「あの猫、『クロ』っていって、ゲームのマスコットキャラクターなんです。毎回主人公に攻略対象の好感度とか教えてくれる役なんです！」

「えええー！」

「……どうやって好感度だの傷心度だのの情報、入手しているんだろうって思っていたんですけど、こうやって攻略対象から直接聞き出していたんですね……」

「へ、へえー……。ヒロインって猫と話ができるんだ」

「乙女ゲーですから、多少のファンタジー要素はありますよ。攻略キャラが『最近彼女が冷たい』とか、『彼女が気になってしょうがない』とか、うっかり猫に話しかけるからそれが伝わっていたんでしょう」

うわぁ……。

「そういや、あの猫、クール担当とか脳筋担当とか、バカ……、ピカールにじゃれついていたよ。いつも攻略対象とばっかり一緒にいるから、妙な偶然だなって思っていたけど」

「シン様、なにかあの猫に話しかけました？」

「いや別に。『イケメンにちやほやされてお前あのピンク頭みたいだな』っとは言ったけど」

「よかった……。なにか情報与えたらつけ込まれます。気をつけてください」

そういうことか……。

「あ、そういえば僕とヒロインさんの七歳の出会いイベントにも猫いたよね」

「黒猫でしょ？　あの猫です」

アイツだったのかー！

九年も前の出来事でしたからね。あんまり記憶になかったし、同じ猫だとは思いませんでしたね！

「僕も猫は好きなことは好きだからなあ。攻略対象者は全員、猫が大好きなの？」

「スパルーツさんは猫アレルギーで猫に近づけないんです。だから好感度がわからなくて攻略が難しいキャラでした。まあゲームだと学園の先生でしたし難易度高いんですけど」

ごめんちょっとなに言ってんのかわかんない。

翌日、各クラスの進行具合をチェックしてから教室に戻ろうとすると、また渡り廊下であの猫が、にゃーんって鳴きながら寄ってくるんですよ。

「よーしよーし、かわいいなあ！　こっちおいで」

無防備に足元に来た黒猫を抱き上げます。

「クロ、お前、リンスの猫なんだってな」

黒猫の目がまんまるに見開きます。

「そうやって、じゃれるふりして、攻略対象から愚痴を聞いたり独り言を聞いたりしてるんだって？」

猫が目をぐっとそらします。僕の顔が見られなくて、僕の手にかけた肉球に力が入ります。決まりですね。

「ピンク頭に言っとけ。僕には通用しないってな」

「にゃっ！」

猫、僕の手を引っかいて、素早く逃げていきました。

今度見かけたら蹴飛ばしてやりましょう。猫をいじめてたひどい王子って噂《うわさ》が立ってもかまうもんですか。……オス猫だったし。

3章 二年生の学園祭

さあ、いよいよ学園祭です！

「……問題はこれだね」

「そうですね……」

二人で生徒会で作成した学園祭のパンフレットを見て検討します。ミス学園コンテスト、ミスコンがあるんですよ。それだけじゃなくて、ミスターコンテストも。バカ担当ピカールにライバル宣言された例のやつです。これ、去年もあったイベントですが、ヒロインが自分磨きをやりつつ、攻略対象を真面目に攻略していれば、ヒロインがミス学園に選ばれ、一番好感度の高いキャラがミスター学園に選ばれてベストカップルになるんだそうです。

ミスとミスターに選ばれると、会場の舞台の上で、一緒にダンスを踊ることになるんですよね。去年は生徒会長、エレーナ・ストラーディス様と、シンデレラの王子様役をやった演劇部の部長でした。

つまり当時まだ一年生だったヒロインさんは知名度で及ばなかった、ということになります。ゲームでは二年生になってから転入してくることになっていましたし、イベント設定がなかったのかもしれませんが。

僕は……学園に入学してから、ヒロインさんとほとんど接点がありませんで、っていうかできるだけ避けていましたから、僕がミスターになることはないと思うんですが。それに生徒による学園内の投票ですし、いくら強制力があったとしても、学園全体には及ばないでしょう。まあ、万一のことも考えておかなきゃいけないってことですね……。

現在もヒロインさんは演劇部に入っていて、今年はその学園祭でやる演劇発表で、ヒロインをやるそうです。去年のシンデレラに続き、二年連続でね！　すごいなおい！

これがなかなか曲者《くせもの》です。ヒロインに学園中の注目が集まりますから、ミス学園で優勝、あり得ると思います。

「まあこれ以上は僕らにできることはなにもないよ。出たとこ勝負さ。とにかく学園祭の間は僕らはできるだけ離れないで、一緒にいよう」

「はい！」

セレア嬉《うれ》しそうです。作戦がどうこう以前に、やっぱり僕ら一緒にいられるのが一番嬉しいですもんね。

さて僕らのクラスの出し物ですが、去年に引き続き、もちろん執事&メイド喫茶です。好評でしたからね。

「僕にも料理やらせてよ！」

「うるせえ！　王子様の料理なんてとんでもねえアレなやつが出てくるって相場が決まってるわ！　引っ込んでろ！」

料理長のジャックに怒られます。ねえその偏見はどこから生まれるの？

「僕だって夏休みの間、修業したんだからね？」

三週間レストランでアルバイトして、プロのコックから指導を受けましたからね？　パイは無理でも、ハンバーグは売り物にしていいレベルになりましたよ？

「なんの修業だよ……。うちの一番の売りはな、お前が執事をやるってことなんだからさ、客の期待を裏切んなよ」

「そうですよ――――‼」

「シン君がやってくれないと肝心の執事喫茶が……」

はいはい。執事&メイド喫茶プロデューサー、文化委員のパトリシアはじめ女子生徒たちにも怒られました。

生徒会長の僕はその仕事が忙しいってことで、出番は三時間ほどにしてもらいました。その代わり後半の執事をしてくれるのはジャックです。ジャック、攻略対象になるだけあって、そりゃあもうイケメンですからね。いつもシルファさんと仲がいいので露骨にモーションかけてくる女生徒はあまりいませんが、そのジャックが執事をやるとなりゃあ、これはチャンスだと寄ってくる女性客が期待できるってもんです。もちろん、セレアのメイドさんも人気ですし。

☆彡

さ、執事&メイド喫茶、オープンです!

「あ————! シンくぅううん!」

「……お帰りなさいませ、お嬢様」

来ると思った、ヒロインさん。去年は劇に集中していたのか、来ませんでしたが、今年はしっかり現れました。

すんごい衣装です……。踊り子役だったっけ? 胸元ぱっくり、体にぴったりしたプロポーション丸出しの薄い生地に、へそ出し、股間ギリギリのフリルスカートにあらわな太もも。要するにバレリーナを可能な限りエロくしたという感じの衣装です。喫茶店に来ていた男子生徒から「おおおおっ」と歓声が上がり、女子生徒からは殺意丸出しの鋭い刺さるような視線が投げかけられます。

「ここでシン君を下僕として使役できると聞いて」

「誤解ですお嬢様。下僕ではありません、執事でございます。お嬢様らしく節度を持って命じていただきたいですな」

「私の家なんて貧乏男爵なんだから、執事なんていないしい。すっごい楽しみ!」

そうですかね。フライドチキンの支店を他領にも出店させ、コンビニも今は二十四時間営業を始めてライバル不在状態と聞いておりますが？　大変儲《もう》かっていると評判ですよ？

「だったらこの店には来ないほうがいいかもしれません。執事に対する誤解が深まります。わたくしのような執事は現実には存在いたしませんので」

パトリシアのプロデュースする執事喫茶なんかおかしいですからね。まさに下僕喫茶です。

「席に案内して」

「ただいま満席でございます。日を改めてご来店ください」

店内の半数以上を占める女生徒たちの視線がすごいです。死んでも席を譲るものかという団結力が見て取れます。がしっとテーブルをつかむお嬢様までいらっしゃいます。

「今日しかやってないのにいいいいいい！」

「では午後にでも」

「午後は私舞台があるし！」

「それはお気の毒です。いかんともしがたいですな」

カツカツカツと店内に進むヒロインさん、四人テーブルを三人で座っている男子生徒の一団にあのかわいらしい笑顔で話しかけます。

「あの、相席してもいいですか!?」

「え、あ、どうぞどうぞ！」

男子生徒、大喜びで迎え入れます。ぱっくり開いた胸元に釘《くぎ》づけですか。しょうがないなぁ……。

メイド服のセレアがテーブルに向かい、メニューを広げます。

「お帰りなさいませお嬢様。ごきげんよろしゅう。今日はなにになにいたしましょうか?」

「えええ? シン君じゃないのお!?」

「殿方のテーブル席はわたくしが担当しておりますわ。なんなりとお申し付けくださいませ」

そう言ってスカートをつまみ上げ、足を後ろに引いて優雅に最上級のお辞儀をします。

これまた男子生徒がくらくらしちゃうような素敵な笑顔です。すわ女の闘《たたか》い勃発かと僕も手に汗握りますよ。テーブル席の男子生徒、ぽわわんとしちゃってますけど。

さながら愛らしさのヒロインVS気品のセレアといったところでしょうか。

「……この、『シェフの気まぐれカルボナーラ』で」

「いけませんわお嬢様。これから舞台本番でしょう? もっと軽めの食事をお勧めいたしますわ」

「私はガッチリ食べないと力が出ないタイプなの!」

……さすがはフライドチキン店の娘ですな。胃袋が頑丈です。

「差し出がましいことを申し上げて申し訳ありませんでした。ではそのようにいたします。ただいまご用意いたします」

窓の外の厨房《ちゅうぼう》ではジャックが白いコック服を着て、スパゲティを次々とフライパンでクリームとチーズにからめていきます。スパゲティが宙に浮くたびに女生徒たちから歓声が上がるんですよ。なん

なんですかね。

「シ――――ン！　食べさせてぇ！」

別のテーブル席から女性客のリクエストです。今年もあーんサービスは継続ですか……。おかしな前例作ってくれやがった絶対女王、エレーナ・ストラーディス様（旧姓）に恨みごとです。

実は僕、養護院で、幼児相手にこれをさんざんやってますから上手なんです。少しもこぼさずにお口の中に食事を運ぶことができますよ。

「あーんでございますお嬢様」

「あうぅぅうう……」

その様子をピンク頭にうらやましそうに見られているような気がしますが無視します。殿方席に割り込んだアンタが悪い。

「ちょ、ちょっと、なによ！」

「エプロンでございますお嬢様。舞台本番を前に、大切な衣装にシミでもつけてしまっては大変ですから」

セレアがヒロインさんの首にエプロンを巻きます。パーティーだったかなんだったかで、悪役令嬢がヒロインさんに料理をぶっかけてドレスを汚すって嫌がらせイベントがあるそうで、それの再現を狙ってきたようですが、そうはさせないセレア、さすがです。

なるほど、セレアになにかミスさせて、自分の衣装を汚されて、いじめられたあって泣く予定だったのかもしれないなあ。捨て身ですねえヒロインさん。でもこのあとの舞台どうすんの？　衣装、替えあるの？　周りの女子のみなさんに、子供みたいに前掛けをされたヒロインさんが小さく笑われました。なんかざまあかな。

「では、なにかありましたらお呼びください」

これはもう出されたものを素直に食べるしかないでしょうねヒロインさんも。イベント回避です。ジャックの手料理、ありがたく食ってください。

「セ、セレアさん」

「セレアとお呼びくださいご主人様」

男子生徒が僕をチラチラ見ながら、おそるおそる、リクエストしております。

「セレア、僕にも食べさせて」

「はい、あーんでございますわご主人様」

男子生徒、てれってれでセレアに食べさせてもらっております。

……ほんと、なんでもやるなあ君。頼もしいよ。

去年よりちょっと早めに切り上げ。セレアと一緒にジャックのまかないスパゲティを急いで平らげます。

「後半頼むよ！」

「なんかイヤなんだけどなあ……。アレを俺にもやれって言うの？」

ジャックが執事服に着替えてきました。ジャックにあーんは無理ですか。執事＆メイド喫茶プロデューサー、パトリシアから接客指導が入ります。

「ジャック君はジャック君のやりたいようにやればいいの！　素で接客していいですからね！」

「なんなのその差。僕の時と違うじゃない」

「ツンデレ執事にも一定数萌《も》えるお客様もいらっしゃいますので！」

「……ジャックにはツンしかないでしょ。デレがないよ……」

「わかってないなあシン君は……。ドS執事でもいいんですよそこは」

ごめんパトリシア、わかんなくていいよそんなもの。

それよりも僕は、君が用意した衣装を着たシルファさんの巨乳メイドのほうが、「いいのかそれ？」って感じしますけどね。胸のところだけやけにふわっふわのやわらかな布で覆われていて、上下左右に揺れるんですけど……。

「グッジョブだパティ」

いや、ジャックが親指立てて笑うんだったら別にいいや。


その後、各クラスや各部の出し物を見て回ります。例によって、クラスの宣伝を兼ね、僕は執事服、セレアはメイド服です。どこに行っても注目されまくり。もう学園祭の風物詩ですか……。

僕らが使用人の服着ているって、ギャップがすごいですよね。学園祭でないともう絶対に見られませんよ。ぜひご来店ください。

美術部、似顔絵を描いてくれるようです。

「ぜ、ぜ、ぜ、ぜひモデルになってください！」と鼻息荒く頼まれます。

「じゃあ十五分だけ」

僕とセレアでダンスのポーズで組んでやらされました。他のお客様そっちのけで美術部員が全員スケッチします。それ似顔絵じゃないよねもう。写生会だよね。

僕らのクラスのマネをして、他のクラスでも出し物をやるようになりましたが、焼き鳥、チキンバーガー、フライドチキンの店です。丸かぶりじゃないですか。だから生徒会に申請しに来た時、別のものにしろって忠告したのにさ、調整つきませんでしたか。あいたたたたた……。

フライドチキンの店はヒロインさんのクラスです。人気です。なんてったってお店のスタッフが来てやってくれていますからね。クラスメイトやることないじゃん……。

少しぐらいマズくたって変だって素人臭くたってそれはいいんだよ。クラスメイト全員で団結して取り組むことに意味があるんだからさ。そういうことするから、嫌われるんだよ。わかってないなあヒロインさんは。来年からは業者出入り禁止にしましょう。

音楽部は演劇のあとに発表会をやります。演劇部のＢＧＭも担当しますのでその時見ればいいや。

やっぱり一番地味なのが文芸部。展示会場の図書室、閑散としておりました。

「もうちょっと人を呼べるようなものを考えたいね……」

「そうですね……」

受付でぽつんと座っているハーティス君、物悲しいです。

注目の演劇部の演目は、『オペラ座の貴公子』。

主役をやるのが、バカ担当ピカールです。一応学園ではモテモテですね。一定数のファンがいます。それが演劇発表で主役をやるんだから、満員ですよ。僕とセレアもヒロインさんからもらった優先券がなければ入場、危なかったです。BGMは音楽部の全面協力で、生演奏でやってくれます。

学園でも超モテ男のピカールですが、これがまた、あの演劇部であるヒロインさんと、恋仲になるんです。オペラ座のスポンサーであるピカール演じる王子が、劇団の踊り子であるヒロインさんに惚《ほ》れ込んで、平民である彼女と結ばれて愛を育むという、そういう話なんですけど。

「ああ、クリスティーナ！　僕はあの幼き日、君と花を摘んだあの日を忘れていない！」

そうしてピカールとヒロインさんがイチャイチャしてると、それを邪魔する「仮面の男」というのが出てきまして。これ、『ノータルダムの怪人男』の話かと思ったらちょっと違いますね。

この仮面の男、オペラ座の怪人がヒロインに横恋慕するもんですから、上演中の劇中劇で舞台をぶち壊したり、邪魔をしたりだとか、シャンデリアを落としたりとさんざん嫌がらせをやりまして、で、「歌え！　歌うのだ！　わたしのために！」って、最後にはとうとう彼女をさらっていってしまいます。

「……これ、どう見たって、ピカールさんより、あの怪人のほうがいい演技していますよね……」

セレアがそんなことを言います。

同感ですね。演技過剰、何事もオーバーなピカールに対し、身に秘めた燃えるような嫉妬、慟哭《どうこく》。クリスティーナにその仮面を外した醜い顔を拒絶され、どうしようもない悲恋に身を焦がす怪人の迫真の演技のほうが光っています。観客にはそれが伝わるでしょうか。

「……台本が悪いよ。これ、怪人を主人公にしたほうがずっといい劇になるよ」

「私もそう思います……」

で、そのさらわれたヒロインをこの貴公子であるピカールが格好良く助け出してハッピーエンド。なんだそれって感じですけど。

これ、他の攻略者、どうなっちゃうんでしょうねえ……。だって舞台の上でピカールとヒロインさんがずーっとイチャイチャ、ベタベタしてるのを公開で見ることになるわけでしょ？　他の殿方は大丈夫なんですかね、好感度的に。ほら、クール担当も憮然《ぶぜん》としていますよ。あとでフォローできるんでしょうか。

上演が終わって、カーテンコールで舞台あいさつです。スタンディングオベーションで会場のみんなが拍手します。

「ブラヴォ――――！」

ひときわ高く拍手してる男！　見たことあります！　シェイクスピオです！　あの『ハムレッツ』と、『ロメオとジュリエッタ』の脚本家！　前評判を聞いて見に来てくれたんですか。隣にいるのは劇場関係者でしょうか。こりゃあいい。もし気に入ってもらえたら、もしかしたら彼の劇場で再演してくれるかもしれませんね。学園の演劇部の活動実績になったらいいな！

カーテンコールで舞台へ女生徒たちが押しかけて、お目当ての役者さんに花束を投げています。

「私も、いってきます！」

セレアも花束持って、舞台へ駆けていきました。うん、全体としてはよかったと思います。『シンデレラ』よりは。

その後は引き続き音楽部の演奏発表です。学園外の大人のお客様と学生が入れ替わって、客席は学生が多くなりました。講堂の催し物、最後はミス学園と、ミスター学園の発表です。ミス学園は全校生徒の男子投票、ミスター学園は女子投票なんですよ。文化委員長が学園祭実行委員長で、司会です。

「さあ、今年のミス学園はあああ！」

音楽部のドラムロールが鳴って、シンバルがじゃーんって鳴らされます。

「リンス・ブローバー嬢です！」

ぎゃあああああ。ヒロインさんがミス学園ですか！

会場、男子生徒からは大歓声！　女生徒客はしーんとしております。みなさん貴族のご令嬢ですから、ブーイングなどという下品なことはいたしませんが、この反応であります。うわあ……。

あの踊り子の衣装で舞台に上がるヒロインさん。

「おめでとうございます！」

「ありがとう。ありがとうございました！　会場のみんな、ありがと――――！」

涙ぐんで手を振っております。しかしやっぱり人気あるんだなあ。さすがはヒロインさんです。実行委員長から花束を受け取って祝福されておりますね。

「さあ次は、学園のミスター！　全女生徒の投票により、その栄冠に輝いたのは！」

音楽部のドラムロールにシンバル。

さあ、これで誰が今一番ピンク頭と好感度が高いかがわかります。

「シン・ミッドランド殿下です！」

うぉおおおおお――――！　きゃあああああ――――！

ヒロインさんに匹敵する大歓声！

僕かい！

びっくりです。僕はミスター学園は、あの学園一のモテ男、ピカールが取るとばっかり思っていましたからね。僕には関係ないと最初からまったく予想していませんでした。だってこれヒロインさんとの好感度ナンバーワンの相手がなるはずじゃなかったですかね？

「やられました……。この展開絶対ないと思っていたのに」

セレアの笑顔もこわばっています。

「うん……、もうゲームの設定なんて関係なくなっているんだよ、きっと」

そう言って、席を立ちます。舞台に上がらないといけません。

「いってくる」

セレアの手を取ってちょっとキスしてから、会場のみなさんに頭を下げ、執事服で舞台に上がります。

「おめでとうございます殿下！　ミスター学園に選ばれた感想を一言！」

「みなさん、投票ありがとうございました。光栄です。でも学園では殿下はやめて。面倒だよ」

笑いに包まれる客席に、胸に手を当ててお辞儀します。

「それでは、ミスとミスターに輝いたお二人に、ダンスを踊っていただきます！」

学園の伝統で、ミスとミスターになった僕たちは、デモンストレーションとして舞台の上でダンスを踊らなければなりません。当然、それぐらい軽くできる人間が選ばれることになります。できて当たり前だと全員が思っているわけです。ダンスは貴族の嗜《たしな》みですから。

「おめでとうございますシン様。さあ、一緒に踊りましょう！」

とびっきりの笑顔ですねえピンク頭。このやろう……。

実は僕はヒロインさんと直接触れたことがありません。彼女の手を取った時に、またあの記憶みたいに僕の頭に勝手な妄想が流れ込んでくるんじゃないかと、そこは恐怖を感じました。でも、ここまできたらいまさら断れません。意志を強く持って、彼女の手を取ります。七歳の時以来、初めてヒロインさんに直接触れることになります。

……なにも感じません。あーよかった。心底安堵《あんど》します。

「シン様、私のダンスについてこられますかしら？」

「なめるな」

音楽部の指揮をしている部長さんに曲をリクエストします。ちょっとびっくりされましたが、演奏が始まりました。

あの『オペラ座の貴公子』の舞台の上で演じられた、貴公子とヒロインのダンスシーン、それをそのまま再現してみせます！　何度も練習したダンスなので体が勝手に動いちゃうのでしょう。簡単なリードでヒロインさんが、もうあの舞台の通りに踊ってくれちゃいます。観客席は大歓声ですよ。あの舞台の見せ場のダンスを、ここでもう一度見られたわけですから。

曲が終わって、ヒロインさん、驚いてますね。

「……シン君、あなたどういう人ですか。ピカール様より上手です！」

「僕が何年ダンスやってると思ってんの」

ヒロインさん喜んでいますけどね。僕はこの場で、劇の貴公子の代役を務めただけだよ。そんな意味があるんですけど、伝わるわきゃあないか。セレアには、わかったと思います。

「ありがとうございました！　ではここで、最後にもう一つの賞を発表したいと思います！」

司会が叫びます。

ヒロインさん、ええ――って顔しますね。

いや、これは僕も聞いていませんでした。なんの賞？

「わが校のベストカップル賞をここで発表させてもらいたいと思います！」

そんなん初めて聞いたよ！

「全校生徒による投票で、選ばれたのは！」

そういえば、ミス学園は男子生徒、ミスター学園は女子生徒の投票です。ベストカップルは全校生徒の投票ですか⁉　全然知りませんでした！

「セレア・コレット嬢と、シン・ミッドランド様のお二人です！」

うおおおおおお――――――！

会場ものすごい盛り上がり！　僕ですか⁉　僕とセレアがですか‼

全校生徒が認めてくれているんですね、僕らを。嬉しいです！　ただのバカップルだと思われているのかもしれませんけど。

ヒロインさん、愕然《がくぜん》として口あんぐりです。もう完全に聞いてなかったって顔です。セレアなんかびっくりしちゃって、顔に手を当ててぽっと赤くなってます。ここで会場のセレアにスポットライトが当たるとは誰が予想してたでしょうか。

僕は客席に向かって手を差し出します。さあ、おいで、僕のヒロイン！

メイド服のセレアが恥ずかしそうに、ゆっくり立ち上がって、右に、左に、前に後ろに、スカートをつまみ上げて、優雅に礼をして、ためらいがちに、客席から降りてきて舞台に上ります。

「おめでとうございます。ミスター学園とベストカップルの二冠！　ぜひ、一言感想を！」

「ありがとうございます。こんな賞があるなんて知りませんでしたね。実行委員長も人が悪い……。いつの間にこんな投票集めてたの？」

「……ありがとうございました。びっくりしました」

二人で客席の皆様に頭を下げます。今日は主人公だったはずのヒロインさん、完全においてけぼりです。

「ではここで、ベストカップルになったお二人に、ダンスを踊っていただきましょう！」

今度はセレアとダンスですか。忙しいねえ！　執事の僕と、メイドのセレア。貴族の学園であるこのフローラ学園で、使用人風情がベストカップル賞って、シュールな絵面ですねえ……。

せっかくですので今度も指揮をしている音楽部部長に曲をリクエスト。

「いいんですか？」

「うん、思いっきりやって」

ダッツダッツ。ダッツダッツダ、ダダダ！

軽やかな速いテンポのドラム前奏からクイックステップ！

二人で舞台の上を跳ねまわります！

シザーズ、シャッセ、サイドステップ！　ターンからハイホバー！

ラン！　ラン！　ランニング！

会場の手拍子が始まりました！　舞台の端から端まで使って跳ぶように踊ります！

ヒロインさん、その顔はないでしょ。僕が最高のダンスを踊れるダンスパートナー。そんなの最初っからセレアに決まってるって。にらまないでよ。

舞台の端から端まで、バックステップから、つぃーつぃーつぃーつぃー。

ムーンウォーク！　講堂がどよめきます。

「なんだあのステップ！」「なんで後ろに下がるのおお！」

「跳ぶよ！」

「はい！」

セレアをくるっと回してステージからジャンプ！　客席通路に飛び込みます。ターンしながらステップを踏みつつ、ホールドポジションのまま講堂通路の階段を二人で足をそろえてサイドステップで駆け上がる！

うおおおおおお――――！　歓声すごいです！

よっぽど息が合ってなきゃできませんよねこんなこと。くるっくるっくるくるって回りながら客席通路を横切って、セレアと身を入れ替えながら舞台まで講堂通路の階段を駆け戻ります。

「なんで転ばないのお！」

何年一緒にダンスやってきたと思ってるんです。これぐらいボディトークでリードフォローできますって。

舞台に上がってからナチュラルターン、テレスピンからオープン！

ポーズ決めてつないだ両手を広げ、客席にお辞儀をします。

うわあああああああああああああ————！　っと会場大拍手！

いつかチャンスがあったら、学園で披露しようと思っていたダンスです。

ダンスの先生、ありがとうございます。やりたかったのは、僕たちが貴族の婚約者という立場を超えて、本当に愛し合っていて、恋をしているって見せること。誰も僕たちの心を奪えないってわからせること。それができたと思います。

拍手に送られて退場する時に、舞台袖でピカールに声をかけられました。

ぱちぱちぱちぱちって苦笑いで拍手してます。

「やられたよシンくん、セレアくん。完敗だ」

うん君すっかり空気だったね。悪いことしちゃったな。

「やっぱりきみはぼくのライバルだ。次は負けないよ」

いやあそこは別に負けてもいいかな。君とヒロインさんがくっついてくれたら僕は万歳なんだけどね。来年はベストカップル賞、やめさせようかな。ミス学園だけでいいよ。もう十分だって。

学園祭が全てのプログラムを終えて無事に終了しました。なんやかんや用事を済ませて、セレアと一緒に教室に戻ると、クラスのみんなに拍手で迎えられました。

「やあ、ベストカップルおめでとう。あとミスターも！」

「いやー、ありがと、ありがと。みんな僕にまで内緒にしていたよね？　びっくりしたよ」

照れくさいけどみんなの前でお辞儀して礼をします。ミスターもベストカップルも、みんな投票してくれたでしょうから。

クラスの出し物の執事＆メイド喫茶ですが、交代で運営して、午後には全部売り切れたんで、みんなで講堂に劇を観に行っていたそうです。クラスのみんなも学園祭を楽しめたようで、よかったです。

でもあれをクラスのみんなに見られていたのはやっぱりちょっと恥ずかしかったかな。

「さ、後夜祭行こう！」

学園の正面入り口ホールを使ってダンスパーティーです！　みんなタキシードとドレスに着替えて参加します。僕とセレア、ジャックとシルファさんは執事服とメイド服のまんまですけど。

ジャックがシルファさんのメイド服姿、すっかり気に入っちゃいまして、「ずっとそれ着てろよ」って言うもんだから、付き合いです。……ほら、貴族が自分の婚約者に、使用人であるメイド服を着せるなんて、「それどんな羞恥プレイ？」ってやつになっちゃいますから、これは付き合ってあげないと。

それに後夜祭の主催は生徒会。僕ら、会場で食事とか準備しなきゃいけないからちょうどいいです。もちろんセレアも、有志も手伝ってくれて会場の準備が整いました！

去年は一曲セレアと踊ってすぐ退散しましたけど、今年は実行委員の一人として改めて会場を見ると面白いですねえ。学内に自分の婚約者がいる生徒は、パートナーをエスコートして会場に入ってきます。去年は一人だった三年生や二年生が、今年学園に入った一年生の婚約者を連れてきたり、中には三年生のお姉さんをエスコートして入ってくる一年生男子なんてのもいて、微笑《ほほえ》ましいです。

ピカールみたいにモテモテなやつは女の子が何人も取り巻いて、ハーティス君みたいに頼まれると断れない人は、文芸部の女の子を一人一人エスコートして、なんて感じの人もいますけど。

婚約者がいない生徒たちは、会場のあちこちで、お目当ての相手にアプローチ合戦です。ま、それも楽しからずや。学生のうちだけしかできない恋もあるってもんです。婚約者も恋人も、お目当ての子もいないやつは？　そんなやつはふてくされて不参加です。ご愁傷様。

ヒロインさんですが、大人気ですよ！　ミス学園ですから！　上級生、同級生、下級生に攻略対象の脳筋、クール担当からもアプローチをかけられてイケメンの輪ができています。無視無視。

ダンスタイム、一曲目、セレアと踊ります。昼間派手に踊ったあとですので、しっとりと、優雅に踊ります。ムーンウォーク？　やらないよ？　あれは一日に一回だけです。

二曲目、うわーって女の子に取り囲まれちゃいます。

「シン君！　ミスとミスターになったんですから、お祝いに一曲踊りましょうよ！　私にもご褒美ください！」

ピンク頭、他のお嬢様を押しのけてぐいぐい来ます。なんだかなあ……。

「ごめん、君とは踊れないよ」

「どうして……!?」

「婚約者がいる人は同じお嬢様と二回は踊れないんだ。今日、君とは一回踊っちゃったからね」

「そんなの貴族ルールでしょう！　ここは学園。そんなルールに縛られる必要はありませんよ！」

いやあ周りのお嬢様のドひんしゅくを買う発言を堂々とよくやるなあ……。ほら周りの女子たちの視線がすごいことになっていますす。

「いや、貴族のルールじゃない。これはダンスのルール」

「さあ踊りましょうセレアくん。最初のダンスこそシンくんに譲りましたが、あなたほどの踊り手、このぼくにこそふさわしい。どうぞ、この手をお取りください！」

今日の演劇部の劇の主役をやっていたピカール。一曲目はヒロインさんと一緒に踊って目立っていましたが、次に、セレアにダンスの申し込みをしています。ベストカップル賞の時あれほどのダンスを披露したセレア、さすがに怖気《おじけ》づかれたか他に申し込む男もいませんか。

「先約がございますの」

にっこり笑って、優雅にお辞儀してからすたすたと歩き、壁に寄りかかってつまらなそうにダンスを見ていた知らない男に歩み寄ります。

「仮面の男、オペラ座の怪人様。どうぞ私と一曲踊ってくださいませんか？」

言われた男はびっくりです。まさか自分が声をかけられるとはまったく思っていなかったようです。

「セレア様！　ど、ど、ど、どうして僕!?」

「……クリスティーナへの切ない片想《かたおも》い、胸を焦がす嫉妬、どうしようもない衝動と慟哭、素晴らしい演技でした。私にとって、まごうことなく、あなたはあの劇の主役でした」

「僕、メイクもして、ずっと仮面かぶってたのに……」

「……私が投げた花を、今胸に挿していらっしゃいます。花束、受け取っていただいて、ありがとうございます」

男、顔を赤くして感動していますね。確かモルト男爵の三男坊でしたか。

僕から見てもいい演技していました。主役を食わないように意地悪く、観客のうらみつらみを集めていましたが、確かに名演技でしたよ。納得の二番ダンスです。

「ぼ、僕、ダンスなんて。とてもあなたの相手なんて務まりません……」

「そんなことありません。さあ、最後までクリスティーナと踊ることを許されなかった仮面の男の無念、私と一緒にお慰めいたしましょう」

セレアが三男坊の両手を取って、いちにっさん、いちにっさんとステップを踏みます。つられてステップを踏む三男坊。そして、ぐるぐる、サイドスキップで回り出す。

あはははは！　あれはいいわ！　僕も一緒に踊りたいぐらいです。僕とセレアが初めてダンスパーティーで踊った、あのステップですね！

「殿下、次はわたくしと」

「ぜひわたくしとお願いしたいですわ」

「パトリシア！」

僕に呼ばれた執事&メイド喫茶、接客指導担当のパトリシアが、えっ私？　って顔してびっくりしてますね。列のずっと後ろにいました。

「君、僕と踊ったことが一度もなかったよね！　今日は学園のダンスパーティー、無礼講です。まだ僕と踊ったことのない子から、片っ端から踊っちゃうよ！　さあ、こっちに来て！」

そう言われちゃあ、並んで待っていた上流階級の婦女子のみなさんも、なんにも言えませんよ。どの娘さんも、どっかのパーティーで、何度か踊ったことがありますから。

僕は真っ赤になってぎくしゃくしている、自称貧乏男爵家の娘さんのパトリシアの手を取って、お礼を言います。

「喫茶店、盛り立ててくれてありがとう。君のおかげだよ」

「そんな……。シン君が頑張ってくれたからです。私なんて」

「来年も頼むよ！　僕も協力するから！」

さあ、彼女を最高に綺麗《きれい》に見せられる紳士なリードで踊り出します。

僕は引き立て役、僕は引き立て役！　踊っている間は、彼女はお姫様さ！

セレアが踊っていた輪が広がって、もう最後は全員参加の輪舞になっていましたね。学園祭の最後にふさわしいダンスになりました。僕もみんなと一緒に手をつないで、ぐるぐる、ぐるぐる回ってましたよ。楽しかったね！

後夜祭が終わり、次々と馬車が行き交う中、僕とセレアは歩道を歩いて、コレット邸まで帰ります。タキシードにパーティードレスで歩道を歩いていたらおかしいけど、今の僕たちは執事とメイドですから。

「楽しかったね、学園祭！」

「はい！　今までで一番楽しい学園祭になりましたね」

「……来年はもう、今年ほど盛り上がることもないかも」

「もう三年生になりますもんね、私たち」

「そうそう、少しは落ち着かなくちゃあね」

……二人で手をつないで歩きます。

「今日、やり残したことが、一つあるんだ」

「？」

「……ラストダンスは、君と」

つないだ手を持ち上げると、セレアが照れ笑いします。

「今日、もう三回目ですよ？」

婚約者とは、二回目だっけ。

「僕たちもう結婚してるんだ。かまわないさ」

「じゃあ、ヒロインさんと踊ったあのダンス、私とも踊ってください」

街灯に照らされ、夜の歩道でふんふんふんふんって鼻歌、歌って、あの舞台のダンス、二人でもう一度、再現しました。

4章 仮面武闘会

「殿下！　学園の武闘会に出場するそうですな！」

「ああ！　なんか出ないとまずいみたいで！」

キィン！　カキッ！　キィン！　カキッ！

今日もシュバルツと剣術のけいこです。僕が使うのは十手ですが。

「槍《やり》を剣で相手するには、実力差が三倍はないとだめってのは知ってますな？」

「うん」

「剣を十手で相手するのも、実力差は三倍は必要なんですがね」

「知ってるよ！」

「はあー……。それを知ってて、それで出るって言うならもうなにも言いませんがね」

シュバルツがため息して、肩をすくめます。

「では私からの手向《たむ》けとして、十手術の最終奥義《おうぎ》を伝授します」

「すごそう。なにそれ」

「『刀折り』です」

二学期の最後の学園行事、武闘会。どうもよくない噂《うわさ》があるんですよ。やれ、上級生が下級生に圧力をかけたり、上位貴族が下級貴族に圧力をかけたりとか。

学園は貴族の家系が半分、騎士の家系が半分です。騎士が貴族に勝ったらだめ、下級騎士は上級騎士に勝ったらだめ。そんなことがあったら、実力があるのに負けなきゃいけない生徒さんが気の毒です。みんな今、騎士や貴族ってわけじゃなくて、その子供なんですから。

今回はなぜか攻略対象たちも出るんですよ。あの脳筋担当以外もね。ヒロインさんに勝利を捧《ささ》げるんだとか言って勝手に盛り上がっているようです。去年もそうでしたが、学園武闘会での優勝者はミス学園にキスしてもらえます。今年のミス学園はヒロインさんですから。でも武闘会をそんなヒロインさんを取り合うような場にしてほしくありませんし、僕が一肌脱ぎましょうか。

あ、言っときますがハーティス君は出ません。彼、運動苦手なインテリ君ですし、ヒロインさんに興味ないですし。

「王子だとバレないように出場する方法ってないかなあ……」

「ゲームだとシン様、カッコいい甲冑《かっちゅう》着て、出場してましたよ？」

「それだとみんな僕に打ち込めないじゃない。ゴールキーパーの時みたいに」

うーんってセレアが頭を傾けて、顎に指を当てます。

「ゲームだとみんな、王子と手合わせできる良い機会だと本気でかかってきます。特にヒロインを取り合ってる攻略対象が相手だと、いいとこ見せようとして全力で」

「僕どんだけ嫌われてるの……。顔を隠すようにしたいんだけどさ」

「うーん、私の国だと、顔を隠すというと忍者ですか。黒装束の和装に鎖帷子《くさりかたびら》という最小限の防御でせいぜい手甲脚絆《てっこうきゃはん》ぐらい」

そうしてすらすら絵に描いてくれます。

「いいね、それ面白そう。ニンジャね。武器はなにを使うの？」

「忍者刀です。黒塗りで片刃の直刀」

「それでもいいんだけど、そこは十手でもいい？」

「いいと思います。ピッタリです！」

僕が護身術として、剣とは別にずっとシュバルツに習っている十手ってのは、ただの鉄棒ってだけじゃなくて、L字型に金具が飛び出していまして、それをズボンのベルトに引っかけてズボンの中に挿して持ち歩いています。

これで剣を受け止めてねじりあげてぶんどったりとか、ぶん殴ったりとか、押さえつけて腕や首をひねりあげたり、そういう使い方をします。護身具であり、剣を持った相手に対する捕獲用の武器ですね。剣を使う相手が大半の武闘会では、ピッタリな武器って感じがします。

「あと、口調は、語尾が『ござる』で、自分のことは、『拙者《せっしゃ》』です。お忘れなきよう！」

なにそれ。それ守らなきゃだめ？　セレアはめちゃめちゃ楽しそうなんだけど……。

で、主催の体育委員会にこっそり手を回して、「ニンジャマン（笑）」という名前で、出場登録しました。セレアがデザインした通りに衣装も作ってもらいまして、当日、黒尽くめの手甲脚絆、鎖帷子に鉢金《はちがね》でこっそり会場に向かいます。

抽選したトーナメント表を見ると、僕と当たるのが全員、なぜかヒロインの攻略相手ばっかりなんですよ。ゲームの強制力ってすごいですね。他の学年の生徒も出場しているのにさ……。

「両者、位置について！」

レフリーの指示でリングに上がります。

一回戦。バカ担当ピカール・バルジャン伯爵子息。武器は鞭《むち》。

あいたたたたた……。お前も出んのかよ……。しかし武器が鞭ってのはどうなんだ？　試合用の鞭なんてあったっけ？

「鞭に実戦用と試合用の区別はないのではござらぬか？」

「実戦用ならこの鞭には美しいバラのように棘《とげ》があるさ。きみは切り刻まれてしまうよ？」

びしゅっ！　ぱしっ！　ひゅんひゅん！　華麗に鞭を振り回しております。通常ならリーチが読めませんので怖い武器ですよ。観客席から女生徒たちの歓声が上がります。カッコいいですもんね！

でもリーチが自在で思わぬところから飛んでくるのが鞭の怖いところなのに、こうして試合前にデモンストレーションでたっぷり見せてくれるんだからバカですねえ……。

「始め！」

ま、こういう遠距離攻撃系の武器は懐に飛び込まれたら終わりと相場が決まっております。素早く駆け寄って間合いを詰める！

もちろんピカールは鞭を振るって僕を打とうとしてくるわけで。ひゅんひゅんひゅん！　僕の体にクルクルと三周ほど巻きついてしまいました！

「あはははは！　これできみはもうぼくのとりこさ！」

わざとですって。打たれるよりはましですから。ほら巻きついた分、もう君は僕の目の前にいるわけで。

僕が幼少のころから特訓してたのは武術だけじゃありませんよ。ダンスもです。

ダンスの三回転スピンで巻きついた方向と逆に回れば、あっという間に鞭がほどけますんで、その回転の勢いのまま足払いで転ばせます。足払い、いつも多用してしまいますが、剣士みたいに体術を使わないやつはこれが来るってまず考えませんので簡単に引っかかってくれるから便利です。倒れたピカールをうつぶせに転がして鞭で後ろ手に縛りあげましょう。

「さてどうするでござるかな？」

「ふざけるな！　ぼくは絶対に降参しないぞ！」

めんどくさいやつですね……。鞭をつかんで引きずって場外に放り投げます。

「別に降参してくれなくても、リングアウトも負けでござる。残念でござったな」


二回戦、クール担当フリード・ブラック侯爵子息。武器はレイピア。突きがメインとなる、いわゆるフェンシングスタイルで、決闘でよく使われる剣です。

「……試合で突きは禁止でござったのではあるまいか？」

「レイピアを使う選手に突きが禁止もないだろう。先端はカバーしてある練習用のフルーレだ。ケガはさせないから心配するな」

先っぽに木片がはめてあります。

「それでは勝敗はどう決めるのでござるかな？」

「この先がお前の体に触れたら、刺さったとみなして俺の勝ちだ」

「ずいぶんゆるゆるな勝利判定でござるなあ……」

「不満があるなら棄権しろ。負けを認めて去れ」

「貴殿、意外と卑怯《ひきょう》でござるな。まあいいでござるよ。それぐらいのハンデはないとやりにくいでござろうて」

「始め！」

素早い突き！　ですが、突いてきたフルーレをくるっと左入身でグリップを握った手を上からつかみ、十手の喉輪《のどわ》当てでのけぞらせて跪《ひざまず》かせ、柄を蹴飛ばして手から離させます。

そのまま後ろに転ばせてから、上に飛んで落ちてきたフルーレを受け止めて、その木片でカバーされた先端で尻もちついてるクール担当の胸をちょんとつつきます。

「確か先端が触れたら負けでござったな？」

「それは俺の武器じゃないか！　無効だ！」

「騎士なれば武器を奪われたら負けでござる。まあ学生の試合だからそこは大目に見るとして、では貴殿が降参するまで、今からこのフルーレで何十回も突くでござるが、それでもいいでござるかな？」

「……いいだろう、今回だけは勝ちを譲ってやる。次は見逃してもらえるとは思うなよ」

なに言ってんのコイツ。あとで「うあああ、あの時の俺殴りてえ！」ってなっても知りませんよ？

まあこのことで一生コイツの心をえぐることができそうなんで、それも悪くないかな。クールって大変ですねえ。

準決勝、ジャックシュリート・ワイルズ子爵子息。

……そりゃあ出てくるよねジャック。剣術部だもんね。

武器は木刀です。騎士や国営の武闘会だったら剣は鉄製の、刃を丸めた刃引き剣ですが、まあ学生の武闘会ですから木刀しか許可されません。

「なにやってんだよ、シン」

あいたたた……。バレてます。バレるに決まってるか。付き合い長いもんね。

「まあお前とは一度真剣勝負がしてみたかったさ。手加減すんなよ?」

親友とのガチンコ勝負! やりにくいけどしょうがないね。

「始め!」

胴! 袈裟《けさ》! 上段からの振り下ろし! 基本通りだけど速いっ!

連続で来ます! 十手で払い、受けますが、パワーもなかなかです! パワー勝負になると僕ちょっと不利ですか! カギで受けて取ろうとすると剣を引かれ外されます。クソッ十手との闘《たたか》い方知ってるな!

長引くとどんどん不利になるんで、ちょっと卑怯かもしれないけど……。十手で受けてねじり、木刀にカギを食い込ませ、鍔元《つばもと》まで体を一気に寄せて左手のひらでジャックの顎を上に打ち上げます!

「ぐはっ!」

のけぞったジャックの首に腕を巻き、足を後ろに回して転倒させ、喉元に十手を押し当てます!

「……クソ、まいった」

はー、ギリギリでした。

実際には十手で剣を噛《か》ませることはできないんです。滑るから。相手が木刀ならではのやり方です。

そこが卑怯と言えば卑怯でした。手をつかんで、起き上がらせ、そのまま握手します。

「相変わらずのケンカ殺法だな」

「すまんでござる」

「次はちゃんと剣で勝負してくれよ……」

「今のは真剣だったら拙者の負けでござるよ」

「言うねえ。いてててて……。手加減なしとは言ったけどよお」

場外でハラハラして見ていたシルファさんにちょっと軽く礼をします。ごめんねシルファさん。


決勝戦。近衛騎士隊長の息子、パウエル・ハーガン。脳筋担当です。

武器はもちろん両手剣の長剣です。木刀ですけど。

「両者位置について」

レフリーの指示で向かい合います。

「馬鹿者！　礼をとれ！」

いきなりなにバカなことを怒鳴ってるんでしょうねこいつは……。

「拙者が貴殿に礼をとらねばならぬ理由がわからぬでござるが？」

「お前下級騎士の子だろう！　俺は近衛騎士隊長の長男だ。お前の上役だぞ」

「なぜ拙者が下級騎士の子だと思うのでござるかな……？」

「その武器、帯剣する資格もないやつが街の見回りに使うもの。正騎士は使わん」

ああそういうことですか。最近は十手、市内見回りの私服衛兵に持たせていますもんね。身分の低い者が使う武器だと思われているかもしれません。騎士でも下級だと、賊を斬る権限がありません。貴族や上級騎士だったら帯剣した剣で賊を斬り捨てればいい話ですんで、十手は使いませんから。

「自分のほうが偉いに決まっていると思うのは勝手でござるが、騎士は貴族と違って世襲ではござらぬよ。貴殿が将来騎士になれるかどうかは未定でござる。要するに貴殿はちっとも偉くないのでござるが、ご承知ないのでござるかな？」

会場が笑いに包まれます。親の権力を笠《かさ》に着て相手に負けろと脅すやつ。コイツでしたか。ま、権力持ってるんだから使うのが当たり前ってのは貴族の常識です。別に卑怯ってほどじゃありません。学園の外でだったら、ですが。

「貴様……。後悔するぞ？　なによりその覆面が無礼であろう！　覆面を取れ！」

「鎧兜《よろいかぶと》をかぶって闘う選手もいるでござろう。いまさらでござる」

「お前は名前まで隠しているじゃないか！」

「拙者は恥ずかしがり屋なのでござる」

「この武闘会の出場者はな、負けて恥をさらすこともいとわぬ覚悟で出場しているんだ。負けても恥をかかなくていいようにそんな覆面をして偽名を使うなんて卑怯だろう」

「拙者の顔が見たければ、拙者に勝ってから倒れた拙者の覆面を剥げばよいでござろう」

「そうしよう。ただし、剥ぐのは首からだ」

木刀をぶん投げて、腰の剣を抜きます。

なんでコイツ帯剣してるんでしょうねえ。いつも帯剣しているんですよコイツ。当たり前ですが学園では帯剣禁止です。校則違反です。親の権力にモノを言わせて公然と校則違反してるわけですね。

「真剣勝負だ、受けろ。木刀で相手してほしかったら今ここで覆面を脱げ」

うわあ卑怯だなコイツ。相手が剣じゃないからって、自分は斬られないことをわかってて、真剣使おうってわけですか。それで僕がビビると思ってるんですかね。これはさすがに審判が止めようとしていますが、手を振ってかまわないよと伝えます。

「十手は元々、刃物を持った賊を懲《こ》らしめるための武器でござる。存分にかかってくるでござるよ」

「貴様――――！」

キレたパウエル、始めの合図もなしに振りかぶって打ち下ろそうとしてきます。

もう一本隠していた十手を抜き、左手でくるっと回して十手の柄《つか》ではなく、棒心《ぼうしん》の先端を握り、二本の十手のカギを咬《か》み合わせて逆手《さかて》双角《そうかく》で受け、そのままひねり下げて……。

バキン！　ニッパーで針金を切るように剣を折る！

十手術双角奥義、「刀折り」でござるよ！　どんな自慢の名剣か知りませんが、焼きを入れた真剣なら大抵これで折れますな。そのまま愕然《がくぜん》とする脳筋を足払いですくい上げるように後頭部からリングに落とします。頭をリングに自分の全体重をかけて打撃したもんだからあっけなく気絶です。

倒れるにしたって倒れ方があるって、以前にも経験したでしょうが？　まったく進歩していませんね。バカですか？

「優勝、ニンジャマ――――ン！」

実行委員長が宣言して、会場がうわーって盛り上がります！

担架で運ばれていく脳筋、無様です……。

優勝カップを持って、セレアが上がってきます。

「え？　なんでセレア？　それヒロインさんがやるんじゃなかったの？」

「攻略対象さんが全員負けたんで、逃げちゃったみたいです。あなたみたいな得体のしれないやつにキスなんてしたくないって。しょうがないんで、立候補しました」

なんだかなあ……。

「おめでとうございます、シン様」

そうして、カップを渡してくれたあと、僕の首を抱き寄せて、覆面の布越しに唇にキスしてくれます。会場がどよめきます。

「いや！　まずいよセレア！　王子の婚約者が正体もわからない男にキスするなんて大スキャンダルだよ！　あとで大問題になるって！」

「だったら頭巾《ずきん》をお取りください」

にっこり邪気なく笑います。あーあーあー、しょうがないなあこれ。

「僕もう来年から出られないじゃない……」

頭の後ろの結び目をほどいて、頭巾を脱ぎます。会場がしーんと……。

「私の王子様を、自慢したくなりまして」

セレアの腰を抱き寄せて、会場に向かって手を振ります。

うおおおおおお――――――――！　会場大歓声！

王子がお忍びで出場して、優勝。なんだかなあ。顔は隠してたから卑怯だとは言われないとは思うけどさ。自分よりも身分高い相手には本気出せなかったって選手、いっぱいいたと思うんだ。今回はみんな、僕に本気でかかってくることができたと思う。

遠慮はいらない。王子でさえ、公平に闘っているんだから、親の地位を振りかざして闘うなんてみっともないって、そんな前例になればいいいと思います。

☆彡

武闘会の次の日、いつものようにセレアと並んで、徒歩で学園に向かうと、正門で脳筋担当パウエルと、いかめしい鎧を着たおじさんが並んで待ってました。

鎧のおじさん、近衛騎士隊長です！　僕らを見つけて、だーっと走ってきて、ずざざざざ――――っと土下座します。土下座した禿《は》げ頭がこっちに向かって土煙を立てながら向かってくるって、いったい何事！

「殿下！　このたびは！　不肖の息子が大変な失礼を働きまして！　この近衛騎士隊長、ウリエル・ハーガン、心よりお詫《わ》び申し上げます！」って平身低頭です。パウエルも走ってきて、父親と並んで土下座ですねえ。やめてほしいです。

「で、殿下だとはつゆ知らず、誠に失礼を働き、お詫びの申し上げようもございません！」

「ああ……、そのことはもういいんです。頭を上げてください。パウエル君は退学ですからもうその件は済んでいます。お詫びの申し上げようがないんだったら申し上げずにお帰りください」

二人、顔を上げてさーっと青くなります。僕には彼らを助ける意志がないってことですから。

「お、お、王家の盾たる近衛騎士が、王子に刃《やいば》を向けるなどあってはならないこと。この首、どうぞ討ち落としてください！」と言って近衛隊長が剣を僕の前に置きます。いやいやいやいや、朝っぱらから校門でなんなのその惨殺劇。そんなことやるわけないでしょ。

こっちがここまで謝罪してやっているのに、許さないなんて器が小さいだろ！　そんなポーズがしたいだけのやつなんて、王宮にしょっちゅう来ますよ。慣れてます。

「そんなこと別に罪になりませんよ。だいたい彼は近衛騎士ではないんですから。今後も彼が近衛騎士になろうとしない限りこの件は問題になりません」

「え、えええええ⁉」

「校則で禁止されている帯剣を行っていたこと、再三にわたる注意にも従わなかったこと。校内で抜刀し、卑怯にも刃物を持っていない相手に真剣で決闘を申し込み、実際に剣で斬りつけたこと。退学の理由はそれです。近衛騎士隊長の息子がどうのこうのは全然関係ありません。隊長のウリエル殿にはお咎《とが》めはないです。どうぞお気になさらず」

これはパウエルのほうが真っ青です。

「いや！　お、俺は、ちゃんと学園の許可を得て……」

「許可なんて出ていません。そんな許可、誰も出していないのは確認しました。君が勝手に校則を無視して帯剣していただけです。以前から問題になっていました。何度注意しても、『昔は貴族騎士の男子は帯剣する義務があった』とか『俺は学園の秩序を守る義務がある』とか言って聞き入れなかったそうですね」

「俺は相手が殿下だなんて知らなかった！」

「なお悪いです。僕以外の生徒なら、真剣を抜刀して斬っても、親の権力で握りつぶせると思っていたということになります。お二人ともこの件、僕に許してもらえれば済むと思っているのだとしたら違います。一般の生徒に危害を加えるつもりでいつも真剣を帯剣しているやつなど、学園の安全を守るために退学してもらうのは学園なら当然の処分です」

「そんなあ！　ただの学生の武闘会でそんな処分！」

「ただの学生の武闘会で真剣を抜刀しそれを振るったんです。そんな大失態を親に土下座させても握りつぶせるわけないでしょう。わかりませんか？」

「俺は本当に斬ろうだなんて思っていなかった！　あれは覆面を脱がせようと」

「僕に真剣で斬りかかってきたのを全校生徒が見ていました」

「あ、あれは……、殿下が挑発してきたから……」

「挑発されたぐらいで人身傷害事件を起こすような冷静さのカケラもない男、学園にも騎士団にも要りません」

言い訳しようがないですよね。

「パウエル君、きみはここまで自分の非をまったく認めていないのですが、それでどうやって謝罪をするつもりですか？」

パウエル、はっとした顔になりますね。

「申し訳ありません!!　俺が、俺が悪かったです！」

近衛隊長、パウエルの頭をがしっとつかんで地面に叩《たた》きつけて下げさせます。

「なにとぞ！　なにとぞ！　お許しを!!」

親子そろって脳筋かい……。

「シン様……、もうそれぐらいで」

セレアが僕の袖を引っ張ります。

登校中の学生が周りを取り囲んでもう大変な騒ぎですもんね。あっはっは！

「……そうだねセレア。じゃあ、セレアに免じて、そこのところは許してあげようか」

二人、顔を上げて口をあんぐりですな。パウエル君の額から血がたらたら流れています。土下座で流血沙汰って、いくらなんでもやりすぎでしょう。

「退学は免除するよう、被害者の僕から学園に陳情しておきますが、それは単なる僕個人の謝罪の受け入れです。パウエル君の処罰は別に学園が行います。長期の停学は覚悟してください」

「は、はい！」

「パウエル君」

「はい！」

「校則は守ってください。校内での帯剣、暴力行為は禁止です。守れなければ直ちに退学。よろしいですね」

「……はい」

「あ、ありがとうございます殿下！」

「勘違いしないで。二人とも、礼はセレアに言ってください」

近衛隊長が頭を地面に擦りつけます。

「セレア様、ご厚情、感謝いたします！」

「感謝します！」

これで校内の風紀も良くなるでしょう。腰に真剣を下げて歩いてるやつがいるって、いくらなんでもね……。

「これでアイツもうセレアに頭が上がらなくなるよ。断罪者が一人減ったかな」

『この門をくぐる者は全ての身分を捨てよ』と書かれた正門をくぐって、学園までの歩道でセレアににらまれます。

「私が止めるの、待ってたんですか？」

「そうだよ」

「ズルいなあシン様は……」

あはははは！　まあそれぐらいはやるってば！

後ろからジャックに声をかけられます。

「よう、見てたぜ」って面白そうに笑ってますね。

「よくあれで済ませたなあ……。ちょっと驚きだよ。あのままほうっておけば退学になって、そのほうが面倒がなかっただろうに」

「役者を途中降板させると、舞台が混乱するからね」

「なんのこっちゃ？」

「ま、こっちにも事情あるってこと」

攻略キャラを排除したら、セレアの言う「ゲーム」にどう影響するか予想がつきません。予想がつかなくなると、対策が後手に回る可能性があるわけです。それは避けたいかな。

別にこれで済んだわけではありませんよ。近衛騎士としての彼の将来は絶望的です。さすがに「王族に刃を向けた男」が近衛隊に入隊することはもうあり得ないです。パウエルの未来への扉は完全に閉ざされました。それは近衛隊長も理解したと思います。申し訳ないけどこればかりは自業自得と言うしかないです。人生で取り返しのつかないこと、やり直しがきかないことって、あるんですよ。貴族騎士だったらね……。

「お前でも権力を使うことってあるんだな」

「なに言ってんの。逆だよ。この学園で権力を振るったり、親の力で不祥事を握りつぶしたりするのは許さないって言ってるだけだよ」

「そういやそうか」

あのスライディング土下座、見ていた学園の生徒にはどう伝わったでしょうね。ヘンに誤解されなきゃいいんですが。

☆彡

武闘会も終わって、期末試験も終了。成績順位は変わらず僕がトップで二位がハーティス君。十三位がセレアで今回ヒロインさんはぐーっと下がって三十位ぐらいでした。

「……シン様とかハーティス君とか、優等生キャラが全然攻略できないのであきらめたのかもしれませんね」とかセレアが言います。その分の手間ヒマを、他のキャラの攻略に使ったほうがいいってことなのかもしれません。クール担当フリード君は二十位ぐらい。クールキャラって頭よくないと格好がつきませんもんね。そこは頑張らないといけませんか。

バカ担当ピカールは底辺で、脳筋担当パウエルは名前も載っていません。停学中でテスト受けてませんもんねアイツ。停学明けからはずーっと補習になるのかな。タップリ反省してもらいましょう。

「さーテストも終わったし、明日から冬休みだし、なんかしてみんなで遊ぼうや！」

二学期の終業式、ジャックも、赤点を免《まぬが》れたシルファさんも、ようやく勉強から解放されて嬉《うれ》しそうです。

「うーん……冬休みの間、僕らサボってた公務を取り戻さないといけないよ」

「固いこと言うなよ。一日ぐらい、いいだろ？」

「え、え、なになに？　遊びに行く話!?」

うわーってクラスメイトも集まってきます。

「ねえねえ、シン君とセレアさんって、仲がいいけど、やっぱりお忍びでデートとかしてるの？」

「そりゃあしてるさ」

「いつもどんなところに行くの!?」

「観劇したり、食べ歩きしたり、買い物したり……」

「フツ――……」

「フツーすぎる……」

みんなガッカリします。そりゃあそうだよ。王子だからって特別に面白いことなんて別にないよ。

「セレアさん、シン君と一緒に行ったところで、一番楽しかったのって、どこ？」

セレア、ちょっと思い出すような顔して、ぽっと赤くなって……。その様子にクラスのみんなの期待が盛り上がります！

「……教会」

「真面目か！」

「なんで教会……」

「優等生すぎるわ！」

クラスの総ツッコミが入ります。

アレか――！　十歳の時、夜中に屋敷を抜け出して、二人でコッソリ挙げた結婚式。アレはハラハラドキドキ、スリルありましたよ。そうかあ。今でもセレアはあの思い出、一番大切に思ってくれているんですね。いやいや待て待て。逆に言うと、アレより楽しかったことがまだないってことですか。問題だぞそれ。

「遊びに行くって言っても、だいたいなにやるのさ？」

「うーんそれなんだよな……。王都って、遊ぶってことに関しては、実は大したモノがないんだよな」

ジャックが考え込んじゃいます。地方に行けば、そりゃあもう「温泉」って建前で大人向けの歓楽街とかあります。ギャンブルとか推奨して金を吸い上げている領主様もいますって。いくら規制してもちゃーんとかいくぐってきますから、国政としても頭が痛いです。王都は王室のお膝元なわけですから、そういうのはガッチリ厳しくて、案外僕ら未成年の学生が遊べる場所ってないんですよね……。

「ピクニック？」

「寒いよ、もう」

「ボウリングとか」

「体育祭でやったしなあ……」

「レストラン貸し切りでどんちゃん騒ぎ！」

「お金がないよ……」

うん、僕のクラス貧乏貴族多いんですよね。

「それでしたら！」

クラスの一人、サンディーが、なんかチケットを出します。

「グローブ座で、『歌劇座の怪人』やってまして、その割引券がここに十枚あります！」

「へー……。サンディーなんでそんなの持ってるの？　演劇部だから？」

サンディーは演劇部員です。脇役とかやっていたのを学園祭で見ました。

「はい、学園祭のあと、あれを観たグローブ座のシェイクスピオって人が、劇の版権を買いたいって言ってきまして、一緒に来てた新人の脚本家のアンドレアン・ロイドって人が脚本書き直してグローブ座でやるんだって！」

「そりゃすごい。版権料、演劇部でいくらもらえたの？」

「割引券二百枚……」

「それをさばかなきゃいけないんだ」

「……実はそうです」

演劇部に何割入るのか知りませんが、まあ僕らは半額になりますしね、それぐらいはいいでしょう。

「ありがとう。じゃ、明日みんなでそれ行こうか！」

「おお――――！」

クラスのみんなとお出かけって、なんかいいですね。くじ引きで希望者で抽選しまして、出かけることになりました。うん、僕とセレアは外れたので、自腹です。

☆彡

翌日、噴水公園前でみんなと待ち合わせしていると……。

「なんでいるの？」

「偶然です！」

「わからないかい？　ぼくの輝きに引き寄せられたのはきみのほうさ！」

どういうわけですかね。ヒロインさんと、ピカール、ちゃっかり来ているんですよ。

「ぼくが主演した『オペラ座の貴公子』、プロの役者たちがどう演じるか、興味深いじゃないか。ぼくが観てあげないと、役者たちにも気の毒だよ」

はいはい。

「君が来るのはなんか意外……」

「俺にかまうな……」

なぜか来ているクール担当、ちゃっかりピンク頭の隣にいますフリード君。両手に花ですねえヒロインさん。

脳筋担当は来ていません。停学中で自宅謹慎ですもんね。

「じゃあ行くよ！　みんな！　ぼくについてきて！」

なんでピカールが仕切るんです？　まあみんなゲラゲラ笑いながら、しょうがないなあって感じでついていきます。愛されてますねえピカール君。バカな子ほどかわいいって、言いますもんね。

さあフローラ学園の一団十五人で、劇場の一番安い席を占領して『歌劇座の怪人』、観劇します。

タイトルが『オペラ座の貴公子』から、『歌劇座の怪人』に変わっていたことから薄々、予想していたんですが、主人公が「怪人」になっているんですよね！

「うん、こっちのほうがいいよ」

「やっぱりあれ観て、脚本家の方もそうしたほうがいい劇になるって思ったんでしょうね……」

セレアと二人でこそこそと話します。音楽もすごいです。劇場に備えつけの本物のパイプオルガンが使われて体にビリビリくるほど迫力あります。タイトルの「歌劇座」らしく、セリフもオペラ風に全部歌になっていますし、素晴らしい劇に変わっていました。

ストーリーは同じでも、王子が主人公の時はハッピーエンドでしたが、怪人が主人公の今作では恋愛悲劇です。最後、愛する踊り子のために身を引き、怪人は消えてしまいます。

誰にも愛してもらえないって、なんて悲しいんでしょう……。僕にはセレアがいてくれて、幸せですね……。人に愛されるって、奇跡のように大切にしなくちゃいけないことなんだって、思い返すことができました。

「なんだいあれ！　おかしいよ！」

劇場を出て、ピカール、憮然《ぶぜん》としております。

「あれじゃ怪人のほうが主人公みたいじゃないか！」

……そこ？　……いまさら？

これには、みんな、苦笑するしかなかったですね。

5章 もうすぐ三年生

冬休み、クリスマスは養護院で子供たちとパーティーをやって過ごし、短い三学期も順調に消化して、生徒総会も無事に終わりました。

生徒会長、前年度に引き続き僕が務めます。現三年生を送り出す卒業式も終わりました。卒業パーティーのダンス、副会長を務めてくれたレミーさんと踊ります。

「一年間ありがとうございました副会長。いろいろ大変な目にあわせて申し訳ありませんでした」

「いいえ……。私、この一年で本当に『仕事をする』ってことを、殿下から学びましたわ。なによりも勉強になりました」

「殿下なんて呼ばなくてもいいってば」

「今は殿下と呼ばせてください。殿下と過ごした一年、私の宝ですわ。一生自慢できますもの」

「ありがとうレミー」

「殿下も。引き続き卒業までもう一年、頑張ってくださいね」

二曲目、会計を務めてくれたオリビアさんと。

「会計の仕事ありがとう、オリビア」

「いいえ、まっとうな会計でしたんでなにも苦労なんてなかったですよ」

そう言ってオリビアさんが笑います。

「なんの仕事でも、二重帳簿に不正会計、膨大な使途不明をいかにごまかすかが会計の腕の見せどころなんですけどね――！」

「君、ホントに学生？　なんかやってた？」

「父上の仕事を少し」

「聞かなかったことにしとくよ……。卒業おめでとう」

「ありがとうございますシン君。……もうこの学園の門をくぐったら、『殿下』って呼ばなきゃいけないんですね」

「プライベートでは『シン君』って呼んでいいよ。これからも一生ね」

「感激です！」

ラストダンスは、セレアと。なんだか元気のないセレアと、静かに、しんみりと踊ります。

「……どうかした？」

「……いえ」

曲が終わって、きゅっと、抱き着いてきます。

「来年は、こうやって踊れないんじゃないかと思って……」

ゲーム通りに悪役令嬢断罪騒ぎなんてのが起きたら、王子とダンスどころじゃないですもんね。

「大丈夫だよ……」

僕もセレアを抱きしめます。

「絶対に大丈夫。僕は君を裏切ったりしない。必ず君を守って見せる。約束するよ」

僕の胸でセレアがうんうんって頷《うなず》きます。

ちらっと横目で見たところ、ヒロインさんはパウエル、フリード、ピカールの順で踊っていました。

それが好感度の順ってわけじゃないとは思いますけど。

ラストダンスタイムは演劇部の卒業生たちと壁でご歓談していました。ラストダンスは想《おも》い人とってのがお約束です。逃げたってことになりますね。まだ誰を攻略するかは決めてないのか、それとも平均に好感度を上げているのか。謎です。残り一年、正念場ですね。うん、僕、ワクワクしてきました。いっそ楽しんでしまったほうが精神安定上、いいみたいです。

「セレア」

「はい?」

「笑おう!」

なんか涙目になっていたセレア、びっくりしています。

「心配するより、楽しんでしまおう、この状況。僕たち、いろいろ失敗したって、逃げ出す羽目になったって、そんなことちっともかまわないよ。二人っきりの幸せな人生が待ってるから、なんにも怯《おび》えることない。君を孤独になんてしない。どこに行こうと僕も一緒だよ」

「……そうですね。はい、そういえばそうでした！」

笑顔で握り返してくれるセレアの手、今はそれが僕たちの、なによりの幸せなんだと思います……。

☆彡

そうして始まった三年生。生徒会長は僕。副会長はハーティス君に頼みました。

「ハーティス君、会長やってよ」

「いやいやいや！　それは無理！　王子様を差し置いてそれは無理です！」って断られちゃったんですよね。しょうがないです。その代わり、書記を誰か紹介してもらうよう頼みました。

「あの、文芸部員でいいでしょうか」

「大歓迎だよ！」

文芸部の二年生の男子を連れてきてくれました。「よろしくお願いします！」って最敬礼してくれるんですけど、「まあそう固くならなくていいよ。しつこく言ってるけどここでは身分とかホント関係ないから」って言っときました。僕も図書室しょっちゅう行きますし、セレアが文芸部員ですから僕とも前から顔見知りです。カイン・エルプス君っていうんですよ。ハーティス君とタイプが似てるインテリ系です。ちょっと太ってて人がいい感じがします。伯爵家の次男だそうです。

会計は、思い切って一年生から抜擢《ばってき》しました。新入生代表あいさつをしてくれた入学試験首席のミーティス・プレイン嬢です。こちらも伯爵令嬢で、背はちっちゃいけど、とっても真面目そうな女の子です。期待してしまいます。

「ゆくゆくはカイン君もミーティスさんも、会長候補だからね、鍛えるよ！」

「はい！」

「よろしくお願いします！」

下級生、かわいいですね！　僕は結局部活入ってなかったし、生徒会の二人は上級生でしたから、僕、下級生にあんまり親しいよく知った人いないんですよね。王子ですからパーティーとかお茶会とかでもみんな僕よりお兄さん、お姉さんばっかりでしたし。

セレアの話だと、ゲームでは生徒会役員、あの攻略対象たちがずらりと並ぶそうです。どうなんだそれ。実力的にあり得ないよね。どいつもこいつも、ハーティス君を除き生徒会の仕事任せていいヤツなんかいないでしょ。絶対女王、エレーナ・ストラーディス様みたいに生徒会をサロンにしてたんならともかく、僕の代の実務派生徒会では考えられない人選です。

かわいくないやつも入学してきてしまいました。

「兄上！　この学園ちょっとヘンだよ！」

弟のレンです。

「なんかさあ、みんな俺のこと『ミッドランド君』とか呼ぶしさあ、『殿下、殿下』ってちゃんと呼ぶヤツいないんだよな」

なに生意気言ってんの。

「学園の門に書いてあっただろ？　『この門をぐる者は全ての身分を捨てよ』って。あれ、建前でもなんでもなく国王陛下の本気だからね？　僕もこの学園ではみんなに『シン君』って呼ばれてるよ」

「兄上、学園でバカにされてんのか？」

僕が公務で忙しかったのであんまり遊んであげられなかったレン、ちょっと甘やかされて育ったもんで、なんかわがままで世間知らずなところがあります。

「……そうだったら生徒会長なんてやってないよ。入学式の在校生代表で僕があいさつしてんの見てただろ」

「……わかったよ。学園では俺、兄上のことなんて呼んだらいい？」

「会長」

「なんだそりゃ」

「生徒会長なんだから生徒の半分は僕のことそう呼ぶね」

「……俺も生徒会長やってみるかな」

「僕、一年から成績ずっとトップを譲ったことがないんだけど」

「げえ」

はっはっは。生徒会長ってね、エレーナ様の時までは名誉職みたいなところあったけど、今は違うよ？　勉強頑張れよ？

生徒会の最初の仕事、予算編成。去年の部活の活動実績を生徒総会で提出させていますので、それを参考に割り振っていきます。各部の部長さんを集めて、今年の活動予定と予算を提出してもらい、部長会議を開きます。

「前年度各部の部費の三分の一をプールしました。今年度も同じ方式にします。去年は校外活動が各部一件程度と大変低調とはいえ、成果は出ましたので、今年も外部の大会への参加、他校との交流試合、合同練習などの校外活動を年に最低一回は盛り込んでください。校外の部活動で消費した費用をプールした中から改めて配分します。よろしくお願いします」

この学園では部活動などやってない学生のほうが多いので、部活動をしている生徒のほうがより多く生徒会費を使っていることになります。使った分は働いてもらいましょう。

「校外で活動するたびに、フローラ学園の権威が下がっちゃうよ……」

「それが実力ってことです音楽部長。改善は現状の把握から始まります。貴族学園ってことにあぐらをかくのではなく、市民、領民の尊敬と信頼を集める貴族たれということを学びましょう」

「ハードル高いなあ、会長！」

今年から剣術部の部長になったジャックに文句言われます。

「働かざる者食うべからず。市民はそうしているんだよ？」

「はいはい」

ヒロインさんの噂《うわさ》は二年生後半以降、聞いていません。例の僕らの水かぶり事件以来、いじめが沈静化したようで、「触らぬ神に祟《たた》りなし」状態のようです。

バカ担当、ピカールと一番仲がいいのかと思っていましたがそうでもないようで。なにしろピカール、ほとんど毎日見かけるたびに違う女生徒と歩いていますんでね。モテモテなのはそういうキャラなんだからわかるとして、一人に絞ってもらいたいものです。

脳筋担当、おとなしくなりました。あの武闘会の抜刀事件以来、アイツが将来、騎士になるのは絶望的という感じで、女子たちにも見放されている感じがします。騎士の家系が半数を占めるこの学園で、「騎士になるのはもう無理」って烙印《らくいん》を押されたら相手にされなくなっちゃうのか。厳しいですね女子のみなさん。

ダークホース的になぜかクール担当君と仲良くなっているようですヒロインさん。一緒にいるところをよく見ます。僕とジャック、ハーティス君が、ヒロインさんにまったく興味を示さず攻略が全然進まないことをいいかげん理解したようです。

メイン攻略、王子ルート。つまり僕とベストエンディングを迎える条件には、セレアが言う「悪役令嬢断罪イベント」ってのが必須です。当たり前ですよね、もう婚約者がいる相手と結婚するんだったら、その婚約者との婚約は破棄させないとね。

その断罪イベントを成功させるためには、協力者が必要です。つまり、他の攻略対象者もその断罪イベントでみんなヒロインさん側の味方に立たせて、セレアに数々の嫌がらせの証拠を突きつけて断罪させなければなりません。この時、味方になってくれる攻略対象者の数が少ないと、断罪は成功しないか、イベントそのものが発生せず、ビターエンドあるいはバッドエンドとなります。つまり逆ハーレムとは言わなくても、それなりにどの攻略対象者とも、仲良くなっていて、かつその中でお目当ての対象者との好感度が一番になっていなければいけないと。

「難易度高くないこのゲーム？」

王都のコレット家別邸で、セレアと二人でお茶をしながら、手作りのゲームの攻略本見直してひさびさにチェックしています。普段忙しすぎる僕たち、お休みは出かけたりせず、こうやってのんびりするのもいいものです。

「均一に男子と仲良くならなきゃいけないって、バランス感覚すごくないとだめだよねえこれ」

「そうなんですよ。そう考えるとけっこう鬼畜なゲームです。主人公に、八方美人なビッチプレイを強要するんですからね」

「公爵令嬢がそんな言葉使っちゃいけません」

「はーい」

「でもこれ、もうどのルートもほとんど可能性なくなってると思うな」

うん、二人でここまでの反省会、してみましょうか。今までのイベント、ルートの総見直しですね。

たとえばバカ担当ピカールですが、ピカールが「演劇部の王子様」として学園内で僕、つまり王子以上の人気者になってミスター学園になりますと、それが面白くない悪役令嬢のセレアがピカールの人気を落とそうと、学園演劇の妨害をするためにヒロインさんにいろいろと嫌がらせをするのです。ガラガラと崩れ落ちる舞台セットから、「危ない！」ってピカールがヒロインさんを危機一髪救い出すシーンがあるそうで……。へえ――、凝ってるなあ。しかしセレアみたいな一女生徒が、どうやったらセットを崩せるわけ？　どこの仮面の怪人ですかそれ。

元々婚約者のセレアにまったく興味がなかった王子も、卒業式の断罪イベントでセレアがそんなことをやっていたことを知り、愛想を尽かせて卒業後に婚約破棄してコレット家は没落だそうで。

「それもうないでしょ。セレア、ピカールが僕より人気になったからって、別に嫉妬もしないでしょ」

「しないですね」

しないよね。どうでもいいよねピカールがモテようとどうだろうと。

脳筋担当のパウエルだと、学園武闘会で王子を負かして優勝したパウエルに逆恨みして、なぜかセレアがヒロインさんに、「次の武闘会ではわざと負けるように彼に言いなさい！」とか言ってくるんです。ヒロインさんは悩んだ末にそのことは言わず、応援してあげるんですが、セレアはそのことに激怒し、様々な嫌がらせをしてきます。

武闘会で僕に負けそうになったパウエルに、「勝って！　パウエル様！」とヒロインさんが叫んで逆転優勝するシーンはこのゲーム屈指の名シーンだそうで。

あとはピカールと同じですね。僕がセレアに愛想を尽かすってエンディングです。

「これもない。アイツ僕に勝てないし、僕もう武闘会には出ないし」

「はい！」

セレアがくすくす笑います。顔を隠して「ニンジャマン」で出場して、ヒロインさんが叫ぶ間もなく、刀折りして一撃でブッ倒しちゃいました。盛り上がらないったらありません。

インテリ担当ハーティス君の場合は、ハーティス君とヒロインさんがいつも一緒に勉強していて仲良くなり、ハーティス君が僕の成績を抜き、ヒロインさんもセレアの成績を抜くので、それが生意気だとセレアが勉強面でいろいろ妨害、嫌がらせをしてきます。シンプルで直球だなあ……。

「……これが一番ないよね」

セレアには言いませんが、ハーティス君、密《ひそ》かにセレアのことが好きですもんね。そのことは気の毒だと思います。新しい恋を見つけてほしいですね。ヒロインさんさえ相手じゃなけりゃあですが。

「だいたい僕、別にセレアが成績どんなんだろうとまったく気にしないよ。勉強ばっかりの学園生活なんてのより、成績悪くてもいいから普通に学園生活を楽しんでほしいよ、セレアには」

「ありがとうございます……。でもそこは頑張れって言ってほしいです」

「真面目だなあセレアは」

「シン様が頑張ってくれるから、私も頑張れるんです。たまにはほめてください」

「いつもほめてるよ？」

「そうじゃなくてえ……」

はいはい。

抱き寄せて頭を撫《な》でます。いつも人目がある僕ら、あんまりイチャイチャできません。こんな時ぐらいはね……。

「ジャックのルートも、もうないね」

「ないですねえ。安心して見ていられます」

ジャックのルートでは、もうすでにシルファさんという婚約者がいるジャックに言い寄るヒロインさんに、「婚約者のいる貴族に平民風情が！」と、やっぱり腹を立てたセレアが様々な嫌がらせをしてくるわけで。

ジャックは、親が勝手に決めた婚約者にウンザリしていて、そこへ「貴族だって好きに恋していいはずです」みたいに言われ、その心の隙間を埋めるようにヒロインさんにのめり込んでいきます。

ジャックのツンがデレに変わっていく、その変化がファンにはたまらないそうで。

これは王子、全然関係ないですからセレアのやることは完全にただのいじめですなあ。セレアが腹を立てる理由はよくわかりませんが、身近で同じクラスの貴族に「婚約破棄」なんて前例作られてはたまらない、というものなのかもしれません。

「ジャック、シルファさんのこと大好きだもんね」

「ほんと、そうですよね！」って、セレアも笑います。

シルファさんがあんなに巨乳になるってのは想定外でしたし、ジャックが巨乳好きってのも意外でした。そのことを前にからかったら、「別に俺は乳がデカいからシルファがいいってわけじゃねえよ」って赤くなっていましたね。

「いいか？　俺はデカ乳好きってことでいいんだよ。シルファの乳見りゃあ、どんな女も、『あーこれは勝てないな』って思うだろ？　シルファはセレアさんみたいに成績いいわけでもないし、身分が男爵で高いわけでもないし、メチャメチャ美人ってわけでもない。でも俺がデカ乳好きってことにしときゃ、誰も文句言えねえじゃねーか。だから俺はデカ乳好きでいいんだよ！」なんて言ってました。

ひゅーひゅーです。あのおっぱいにはヒロインさんも戦意喪失でしょう。やるもんですシルファさん。

「スパルーツさんのルートも完全に潰したし」

スパルーツさん、学園の生物教師で、ヒロインと教師の禁断の恋なもんですから、それをかぎつけたセレアがヒロインにいろいろと妨害をしてくるそうです。なぜここでセレアが出てくるのかはまったく不明です。一番どうでもいいルートだと思うんですけど。

「こんなの気に入らないなら学園長に言えばいいじゃない。ヘンなことするなあ悪役令嬢……」

「そこは悪役令嬢ですから……」

スパルーツさん、学園の教師になんかならないで、今、学院の主任研究員ですから。奥さんのジェーンさんともラブラブですよ。もうヒロインさんと関わることなんかあるわけないです。

スパルーツさん、本来の医学研究のかたわら、せっかく結婚したんだからって「避妊術」の確立をするんだって。なんだかなあ……。

毎晩、奥さんと実験中で、今日はする、今日はしないってデータ取っているんだそうです。女性には生理の前後で妊娠する期間と妊娠しない期間があるそうで、それを立証するんだとか。学院の妻帯者にも、毎晩の営みのデータを出させて統計を取っています。おいおいおいおいおいおい！

先日アカデミーを訪問しましたら、そのことをいきなりペラペラと説明し出したもんですから、ジェーンさんもセレアも真っ赤でしたよ。学者さんってこれだから……。そんなのどうでもいいから普通に子供作って、幸せな家庭にしてもらいたいです。

……でも研究結果が出たら、僕にもちょっと教えてほしいかも。

「しかし、どのルートでも、必ずセレア出てくるんだなあ。ご苦労様」

「なんなんでしょうね悪役令嬢って……。ゲームやっていた時はホントいらいらしました。だからこそ、エンディングで断罪される悪役令嬢を見て、プレイヤーはスカッとするんだと思うんですけど」

「唯一セレアと関係ないのがクール担当か」

王子の僕や婚約者のセレアとはクール担当ことフリード君は利害関係はありません。でも、いじめにあって泣いているヒロインさんを見つけた彼は、彼女のいじめを行っている犯人捜しを始めるのです。その過程で彼女と気持ちを通わせ、彼女を守ろうと決心し、クールから内面は熱い男へと変わっていきます。フリード君ルートでは、数々の証拠を集めたクール担当がいじめを行っていたのはセレアだと証拠を固めて断定し、卒業パーティーで、断罪リーダーとなるんです。

つまりクール担当攻略には、ヒロインさんは王子攻略と同じく、いろんな攻略対象に手を出して悪役令嬢であるセレアにいじめられなければいけないわけです。

「……私がヒロインさんをいじめなくても、学園の誰かがヒロインさんをいじめちゃうんですね、これ」

「そうだね。背中に中傷文を貼られたり、教科書を破かれたり、ダンス服を破かれたり、水かけられたり、あと僕らの知らないところでいろんな目にあってるんだと思うけど、それセレアがやっているわけじゃないもんね」

「実際にやってなくても、私がやったことにされちゃうんでしょうか」

「んーそれは大丈夫だと思うよ。セレアはやってないんだし、僕といつも一緒にいるところを大勢に見られているんだからやっているヒマもないし、ゲームみたいにセレアの言うことならなんでも聞く取り巻きなんていないし」

「そうだといいんですけど……」

セレアにはゲームみたいにいつもセレアに付き従っている取り巻きなんてのはいませんから。シルファさんは親友で、文芸部の女子部員とも仲良くて、でも同じクラスでセレアに言い寄ってくる女子たちとは距離を置いています。

最初はそこ、クラスの女子にはちょっと面白くなかったようです。せっかく王子、未来の王子妃と同窓なんですから、お近づきになって、取り巻きになって威張って、いい思いの一つもしたいもんなんですよ。でも僕らがまったく威張っていないので、爵位の高い者だけでグループ作って学園でヒエラルキーのトップに立つ、なんてことが今の学園ではできないんです。だから、「少しぐらい私たちにもいい思いさせてよ」って思ってた女子たちからは当てが外れて面白くないってのはあるかもしれません。そのせいで、セレアは「地味」「普通すぎ」「王子と釣り合ってない」なんて陰口があるのは知っています。でもねえ、学園の女子たちのトップに立って悪役令嬢として辣腕《らつわん》を振るうセレアなんて好きになるわけないじゃない。いつも普通の少女、そこがいいんですよセレアは。

……セレアがこういう性格じゃなくて、ゲーム通り悪役令嬢だったら、そりゃあ僕はセレアのことが嫌いになって、コロリとどこにでもいる普通な少女のヒロインさんにまいっていたかもしれません。

ヒロインさん、どこにでもいる普通の少女と言うにはあまりに美少女だとは思うんですが、まあそこはご都合ってやつでしょうけど。

「でもね、クール担当君も、僕とセレアでいじめられている彼女を助けているところを何度も見ているわけだし、あれでセレアを疑うようなら頭がおかしいよ」

実際、僕とセレアで、ヒロインさんのいじめイベント、だいぶ潰しています。ゲームにはない展開です。セレアがヒロインさんとまったく関わってなくて、いじめていないので、そもそも始まってもいないイベントもいっぱいあるはずです。

ヒロインさんにしてみれば、「なんであの悪役令嬢、私をいじめないの!? イベントが全然起きないじゃない！　好感度が全然上がらないよ！」って頭抱えているかもしれません。あっはっは！

「僕に至っては、まったくヒロインさんと接点ないもんね」

「シン様、かたくなにヒロインさんの名前覚えませんもんね……」

そうそう。覚えちゃったら出会いイベント成立！　お知り合いになりました！　なんてことになって次々とフラグが立つかもしれませんので。つまり、ゲームがどうだか知りませんが、僕とヒロインさんはまだ「お知り合い」でさえないのです。回避方法としてはえらく幼稚なような気がします。でも現実に僕関係の、それっぽいイベントが特に発生してないことからも、それがけっこう効いていることがわかります。

「僕のイベントって、なにかあるのかなあ」

「ありますよ？　私が取っちゃいましたけど」

「ええ！　たとえばどんな!?」

「……初めてお見舞いに来てくれた時のこと、覚えてます？」

「あ――、セレアがゲーム通りだって。自分が悪役令嬢だって言った時のこと？」

「はい、あそこで、お菓子を私に勧めて、自分でむしゃむしゃ食べたじゃないですか」

「ああ、そんなことあったような……」

「あれ、ヒロインさんが持ってきたお菓子を、遠慮なく王子様が食べるってシーンがあって、そこで私が『殿下に下賤《げせん》な食べ物を毒見もなしに食べさせるとは何事ですか！』って怒るんです。そうしたらシン様が『僕は彼女を信用している。毒見は必要ない』って言ってヒロインさんをかばうんです」

へー。

「それからは、シン様はヒロインさんが毒見したもの以外は食べないようになるんです」

うーんあいかわらずひどいなゲームの中の僕。

「うん……、まあ、僕、セレアが持ってきた食べ物だったらなんでも食べてるもんね」

「あの時のお菓子を食べているシン様、ゲームのヒロインさんの手作りのお菓子を食べている時とそっくりでした」

そういえばあの時、セレア、いきなり泣き出して、「見たことあるんですこのイベント」って言ってたっけ。

「王族なのに、マナーなんておかまいなしに、お皿やフォークもなしで、その場でむしゃむしゃ食べちゃうんですもん。そんなこと、気を許した相手以外には絶対にしないのに」

「なんでセレアはあそこで泣いたの……？」

セレアが僕の横に座ったまま、きゅっと抱き着いてきます。

「ああ、この人はこうやって、ヒロインさんのお菓子を食べちゃうんだ。やっぱりここはゲームの世界で、私は悪役令嬢で、この人は私を断罪して捨てるんだって、思っちゃったんで……」

セレアが、「シン様の毒見は私がします！」って言って、ずーっとそのことに固執していたのは、そのせいだったんですね。毒見役なんて誰でもいいのに。こんな古い風習、もうやらなくたって、誰も文句なんか言わないのに。

本当に食べ物に毒なんてのが入っていたら、セレアが先に死ぬことになります。そんなことは百も承知で、セレアはそれをやってくれていたことになります。僕のことを命懸けで守ってくれていたんです。子供らしい、遊びみたいなものだと思っていたんですけど、そうじゃなかったんだ。その役だけは、絶対に譲るもんかって、思っていたんですね。

「ありがとうセレア……」

「?」

「どんな時も、欠かさず、ずーっと毒見役をやってくれていたこと」

真っ赤になります、セレア。

「僕もセレアの毒見をしなくっちゃ」

そのまんま、キスしました。

この世界、ゲームかどうかなんて知りません。少なくとも、僕はこの世界がゲームだなんて全然思っていません。僕がゲームキャラ? あり得ないよ。バカバカしい。

ただ、ヒロインさんの周りだけは、セレアの言うゲーム通りに事が進んでいること、これだけは認めるしかありません。あそこだけがゲームなんですよ。

セレアはこの世界の人間で、転生者なんかじゃない。ただ、十歳になった時に、前世の記憶を思い出したただけなんです。僕はそう思います。そのことは僕が証明してやります。そんな運命から、セレアを救うことでね。

☆彡

新学期が始まってから、なにもかも順調で、特にこれってことはなかったです。

六月の体育祭、フットボールと、ボウリング。例の武闘会をここで入れるってアイデアも出ましたけど、それはやめました。あんなケガ人が出るような行事、年に二回もやるのはちょっと遠慮したいです。和やかに全校生徒が楽しめるような行事にしたいですよ僕は。

六月も終わりって時に、事件は起きました。

「やあああ〜〜〜！　シンくぅうううううん!!」

クルクル回りながらピカール登場！

教室から「きゃあああ――――！　ピカールさまあぁあああ！」って女子たちの歓声が上がります。

なんなんだお前。日頃の演劇部での練習のたまものでしょうか、スピードもキレも以前より増しています。いや、どうでもいいけど。

「……その登場方法、もっとオリジナリティを出して別のものにしようよ。毎回それだと飽きるよ」

「僕の友であり永遠のライバルであるシンくん。きみは『お約束を守る』ということをもっと大切にしたほうがいい。変えてはいけないものもあるんだ」

「その固い信念称賛したいな。で、今日はなんの頼みごと？」

すっと身をかがめて、僕に耳打ちします。

「(リンス嬢へのいじめが再発してね)」

「きゃあああぁあぁああ――――！」って女子の悲鳴はなんなんですか？　僕とピカールの間に友人関係もライバル関係もないですからね？

「またか……。今度はなに？」

「来てくれ」

僕が立ち上がると、セレアも席を立ちました。

ちょっと手を振って、来なくていいって合図します。こんなことにいちいち関わらせていたらセレアになにかとばっちりがいきそうです。

「これを見てくれ……」

ヒロインさんの教室に移動して、めずらしく怒り顔で憮然《ぶぜん》としているヒロインさんが座っている机。

『学園にくるなブス！』

『生意気なんだよ！』

『王子に馴《な》れ馴れしくするな！』

『元平民のくせに！』

『ウザい』

『死ね』

……とか、汚い落書きでいっぱいです。

「誰だこれを書いたのは！」

「お前たち、許さんぞ……」

脳筋担当パウエルと、クール担当フリード君が教室をにらみ回しておりますね。

「あちゃー、こういういじめもあるのか……」

僕はそれを見て思わずそんな感想を言っちゃいました。

「シンくん、きみねえ、どうしてそういう感想しか出てこないの？」

またピカールに注意されちゃいました。ヒロインさんにもにらまれます。

僕が意外に思ったのは、こんないじめがあるって知らなかったからです。セレアの手作りゲーム攻略本にもありません。どういうことでしょう？　今までこんなことありませんでした。なにか僕の知らないイベントが進んでいることになります。これはゲームじゃなくて、この世界で現実に起きている事件だってことなのかもしれません。

「で？　ピカール君としては？」

「いや、ぼくは、自分の机と彼女の机を取り替えてあげようと思ってね」

ああ、そういえば前にヒロインさんの教科書が破かれた時、僕の教科書と取り替えてあげたことがありましたっけ。なるほど、ピカール君がそれをやってくれるなら、この手のいじめもなくなるでしょう。ピカール君、卒業するまでこの机で勉強することになりますが。

僕？　僕は結局、一年間あのビリビリに破かれた教科書使いましたよ。資源は大切にしなくちゃね。

「それはだめだ」

クール担当がダメ出しします。

「なんで？」

「今回はこれが証拠になる。明らかにリンスの筆跡でもないし、これが誰の筆跡かを突き止めれば犯人捜しができる。机を取り替えるなら俺がやる」

「いや、それは俺がやろう！」って脳筋担当も言い出す始末で、要するに彼女にいいとこ見せよう合戦をしていることになります。バカバカしい。

教室にセレアが入ってきました。さっき、ちょっと廊下の窓から教室を覗《のぞ》き込んでいるの見たんですけど、あわてて走っていっちゃいましたからどうしたんだろうと思ったら、手にアルコール容器と雑巾握っていました。

「セレア……。どうしたの？」

セレア、たぶん保健室から持ってきた消毒用アルコール容器のふたを開けて、机に振りかけます！

「ちょ、セレアくん！　なにをする気だい！」

「拭くんです！」

ピカールに目もくれず、アルコールを振りかけては、ごしごし落書きをこすり出しました。

「いや、待った待った待った！　これ証拠だから！　俺たちに任せろ！」

「邪魔しないで！」

セレア、鬼気迫る様子でクール担当の手を払いのけて、机を拭きます。これにはもう周りの人がびっくりです。

ヒロインさんもポカーンとしています。

「いや、セレアくん、なぜ……」

言いかけたピカールの言葉が止まります。

セレアの目から涙がぽろぽろ落ちたのです。えええええ？　どういうこと？

セレア、もう泣きながらアルコールでヒロインさんの机を両手で雑巾を押さえつけて、ほんとにごしごし、綺麗《きれい》になるまで拭き上げました。袖で涙を拭いて、えぐえぐとしゃくりながらです。あんまりなその様子に、僕ら手も出せないで、見ているしかなかったですね……。

ちょっとシミになっちゃったところはありますけど、綺麗になった机を見て、セレアが無言で教室を出ていきました。

「あ、ありがとうセレアさん……」

ヒロインさんの声も聞こえていない感じですね。教室、シーンとしてしまいました。

「……シンくん、あれ、どういうこと？」

ピカールが首をかしげます。

「いやあ僕にもまったくわからないよ……。あんなセレア初めて見たよ」

「これ書いたのセレア嬢だからじゃないか？　証拠隠滅のために」

脳筋担当がそんなこと言います。これにはクール担当がぎろりとにらみますね。

「バカかお前。アレ見てよくそんなことが言えるな……。セレア嬢、本気で怒ってたぞ。証拠隠滅を俺たちの前で堂々とやるか普通。セレア嬢は聡明な人だ。こんなあからさまに疑われるようなことをやるほどマヌケじゃない」

「だったらなんで机を拭く！」

「いじめをやめさせたいからに決まってるだろ。彼女がこんないじめをリンスにしなきゃならない理由がどこにある？　まあ、どうしてこんな方法をとったのかはわからんが……」

「じゃあこれ書いたのは誰だ！」

脳筋がもう一度クラスを見回します。

「……いや、僕らのクラスじゃないよ、これはたぶん」

そうヒロインさんのクラスの学級委員長がおそるおそる、言ってきます。

「なぜそう言い切れる！」

「僕たちはシン君やセレアさんが、リンスさんがいじめられているのを助けるところを何度も一番近くで見ているんだ。リンスさんに嫌がらせをすることは王家を敵に回すのもおんなじさ。そのことはこのクラスの人間だったら誰でも知っているよ。いまさらそんなことするやついるわけがない」

ごもっとも。ちゃんと効果上げていましたか。それはよかったです。

「そうすると新手のいじめ首謀者か……」

ピカールが考え込みますね。

「確かに。複数の筆跡、複数の筆記具、複数犯に見えた。首謀者がいるわけか」

クール担当も同意します。

「王子や俺たちが彼女へのいじめをことごとく止めようとしてきたのは、在校生だったら誰でも知っているはずだ。だとしたら、犯人は在校生でないやつ、あるいは……」

「入学してきたばかりの一年生っていうのかい？」

「一年生はリンスがいじめられていることさえ知らんだろ。だいたい上級生の教室まで来てこんなことをやる理由が一年生にあるか？」

「そりゃそうだ。冴《さ》えてるねフリードくん！」

「普通わかるだろ……」

フリード君とピカール君がそんな会話していますけど、まったく犯人につながらない会話していて冴えてるもないでしょう……。

「……とにかく、リンスの机をセレア嬢が拭いて綺麗にした。この話が学園内に伝わればこんないじめはもう起きないだろう。証拠がなくなってしまったのは惜しかったが、セレア嬢にはセレア嬢の考えがあったのだと思うしかない」

フリード君の推測に脳筋がいきり立ちます。

「信用できるか！」

「……お前忘れたか。水かけ事件の時、リンスと一緒に一番に水をかぶって見せてくれたのがセレア嬢だっただろ。あの勇気、行動力、男の俺たちでも躊躇《ちゅうちょ》するようなことを一番にやってくれた。称賛に値すると思わないのか。お前のゲスの勘繰りはどこまで腐ってる？」

「そうだよパウエルくん。ダンス教室の時もセレアくんはリンスくんにダンス着を貸してあげてくれたじゃないか。忘れたかい？」

ピカールもかばってくれます。

「都合良すぎなんだよ……。まるで自分が首謀者だと疑われないように」

これには僕もちょっと腹立ちますね。

「あー、パウエルくん。では君はセレアにはこの子をいじめなきゃいけない理由があると思ってるんだ。それ、どんな理由？」

「それはおま……いや、わからんけど、嫉妬じゃないか？　女のやることだし」

「なにその雑な推理」

これにはあきれますね。

「セレアが気に入らないやつに嫌がらせするような女だったら、君とっくに退学になってるよ。僕に真剣で斬りかかっておいて、退学にならなかったの、誰が口添えしてくれたおかげさ？　よく思い出してみなよ」

そう言われて真っ青になりますね、パウエル君。あの時近衛騎士隊長の親と二人で僕に土下座しに来た時、許してやれって言ってくれたのはセレアでしょう。思い出しましたか？

「きみねえ、学園のベストカップルに選ばれて、あれほどのダンスを踊って見せたいつも仲睦《なかむつ》まじいシンくんとセレアくんが、いったい誰にジェラシーするっていうの？　そんなのまったく必要ないだろ。むしろぼくはシンくんにジェラシーを感じてしまったぐらいさ！　女子がジェラシーするならむしろセレアくんにだ。セレアくんがリンスくんにジェラシーする理由なんて、恋の狩人たるぼくでもまったく想像つかないよ。ありえないね」

ピカール、いいこと言うなあ。ありがたいよ。

「……ピカール、これお前のファンじゃないのか？」

クール担当の指摘にピカールがびっくりしますね。

「ぼくの？」

「お前いつも『演劇部の王子様』って言われてるじゃないか」

そんなこと言われてんのピカール……。

「実際リンスと王子役でイチャイチャしてる劇をやってる。それに嫉妬したお前のファンだという可能性はないか？　『王子に馴れ馴れしくするな！』って書いてあったのは、シンじゃなくてお前にだとしたら？」

「あり得ないね」

「なぜ？」

「ぼくは全てのファンを平等に愛している。そこにジェラシーなど生まれるわけもない」

は――……。全員で頭を抱えます。

「まあ、学園祭の劇からもう半年も経《た》っているし、いまさらでしょ。えーと、君、これ誰がやったか心当たりはある？」

ヒロインさんに聞いてみます。どうせわかんないだろうけど。

「……全然心当たりがありません」

ほらね、こう言うだろうさ。鈍感主人公ですもんね。知っていても言いませんよね。こういうイベントで攻略対象者との親密度上げるってことになっていますから、むしろウエルカムなはずですもん。

「それは俺たちが真っ先に聞いた！」

はいはい。いちいち怒るなよ脳筋担当。

「だいたい『王子と馴れ馴れしくするな！』ってなにさ。僕、この人と馴れ馴れしくしたことなんか一度もないんだけど」

これにはヒロインさん含め全員ににらまれちゃいました。失言しちゃったかな。

教室に先生来ました。朝のホームルームです。からん、からん、からん。

始業を知らせる鐘が鳴ります。

「どうしたのかね君たち？」

先生、集まってる僕らメンバーに驚きですね。

「いえ、なんでも。失礼しました」

そうして四人で退席します。

教室に戻るともう僕の担任の先生来ていました。

「遅刻してすみません」

ちらとセレアを見ると、真っ赤に泣きはらした目をして無言で机に座っていますね。その雰囲気にクラスがしーんとしています。いやなにがあったんだって感じです。

その後全員無言で授業受けました。

お昼になり、セレアを昼食に誘います。今日は学食でお弁当パック買って、二人で中庭のベンチで食べましょうか。学食の食事は信用できますよ。食べるのは全員貴族なんですから、ちゃーんとチェックが入っています。毒見はいりませんね。

「……セレア、いったいどうしたの？　セレアらしくない。なにか理由があったとは思うけど」

「……私、いじめられていたんです」

「え……」

公爵令嬢のセレアが？　あり得ないです。信じられません。

「前世の話なんですけどね……」

うつむいて、話してくれます。

「私、体が弱くて、すぐに病気にかかってしまって、そのたびに入院ばかりしていて、たまに学校に行くと、『病気がうつる！』『迷惑だから学校にくるな！』って同級生にいじめられていて……」

そりゃあひどい……。

「勉強にもついていけなくて、バカにされていて、あんなふうに机に悪口を落書きされたこともあって、それ思い出して……」

そうだったのか……。

「だから、許せなくて」

「うん、わかった」

セレアの肩を抱いて、頭を撫でます。

「……いったい誰がやったんでしょう」

「うーん、『王子に馴れ馴れしくするな！』って書いてあっただろ？　僕らがいつもヒロインさんがいじめられるたびにフォローしているから、王子に特別扱いされてるって勘違いしてる人がいるのかも」

「……ヒロインさん、そのことをひけらかしたりしているんでしょうか」

だったら最悪だな。「私に手を出したら王子様が黙っていないわよ！」なんて態度とってたら女子に嫌われまくってしまうに決まってるよ。

「生徒会でいじめ撲滅キャンペーンでもやってみようか」

「それもかえっていじめが陰湿になるかもしれませんし……」

陰に隠れてコソコソとか。そしたら対処がもっと大変になっちゃうな……。

「さ、おべんと食べよう！　昼休み終わっちゃうよ！」

「はい」

セレアにあーんしてあげたら、少し元気出たようです。よかったよかった。

☆彡

生徒会で集まってもらって、いじめ対策キャンペーンをなにかやれないかって話をしました。

実は僕はいじめられたって経験がありません。当たり前ですよね、王子なんですから。だから僕はいじめの理由とか正直よくわからないんですよね……。

副会長ハーティス君は事情を知っています。二年書記カイン君、一年会計のミーティスさんが僕の話を聞いて首をひねります。

「それ、おかしいですね。貴族のいじめとは違うような気がします」

ふとっちょの書記君はそう言うんですよね。

「まずですね、貴族のいじめというのは隠れてコソコソやりません」

「はあ？」

なんか意外な答えが返ってきました。

「貴族のいじめってのは、上下関係をわからせるためにやるんですよ。自分のほうが偉い、逆らうなってね。だから教科書を破るだの、ドレスをやぶるなんてみみっちいことはしません。悪口だって陰で言ったり机に落書きしたりせず、みんなが見ている前で本人を堂々と罵倒するはずです。いじめているのは自分だってわからないようにやるのは、意味がないんですよ」

「うわあ……。言われてみれば確かにそうだけど、陰険だなあ」

それってどっちがひどいんだか。いや、どっちもひどいか。

「カインはいじめられたことがあるの？」

一年生の会計、ミーティスさんが、ストレートに二年生の書記のカイン君に聞いてきます。ちょ、もう少しオブラートに包めない？

「ちょっとね、僕太っててのろまだったから、昔ね」

「今も……」

「ストップストップ。横道にそれないで」

「失礼しました」

会計ちゃん、君もしかして性格キツイ？

「いじめられるほうは大変だね……」

「そうでもないです。いじめられるほうは、いじめられたくなかったら行いを正せばいいし、非があれば認めればいい。身分差があるのならわきまえればいいんだから話は簡単なんです」

いじめる理由がなくなればいじめない。なるほど、そこも貴族らしいって言えば貴族らしいかな。いじめって言うより教育ですけどねソレ。

「だから、こんなふうに犯人がわからないようにコソコソやるってのは、実は身分を笠《かさ》に着た、位の高い人がやるいじめじゃないんですよ。僕はそう思いますね」

「逆ってことですか?、身分が低いほうが、高位の貴族に仕返ししているとか」

それを言うミーティス嬢は伯爵令嬢。カイン君も伯爵次男ですが、上には王族、公爵、侯爵がいて、下には子爵、男爵、騎士がいるという微妙な中間層。身分のことを言い出したら一番面倒くさいポジションにいる彼らは、「身分差別なし!」っていうこの学園の方針、喜んでいました。割と早くなじんでくれましたね。二人とも三年生になればいい生徒会長になってくれそうです。

「いや、それもないと思うなあ。だっていじめられているのは男爵の養女だし」

「へー……。そうなんですか」

「じゃあ、同じ爵位同士で、身分差がない相手?」

「それだったらもうむしろ個人的な恨み、復讐なんじゃないですかね?」

うーんそうかあ。だとしたらそれは「いじめ」じゃなくなっちゃうなあ。

「恨みを買うようなことをやっちゃってるわけか」

「はい、それに対して泣き寝入りするしかないような弱い立場の者が仕返ししているのかもしれません」

ヒロインさんより立場が弱い人っているかなぁ……？

「会長、その人のこと何度か助けたって言ってましたよね」ってカイン君が聞きます。

「うん」

僕だけじゃなくて、脳筋担当、クール担当、バカ担当にハーティス君、しまいにはジャックに悪役令嬢のセレアまで加わってだけどね。

「その人、会長の庇護下《ひごか》にあると思われているんじゃないですかね。彼女をいじめたら会長が黙っていない。だから本来の貴族らしくおおっぴらにいじめることができなくて、コソコソいじめていると」

「僕のせいか――――！」

本当だったら本人に直接苦言を言いたい。でもそれが王子や、学園のトップヒエラルキーであるイケメンな攻略対象者たちのお気に入りなのでできない。ヒロインさんもそれを匂わせて調子に乗る。余計反感を買う。そしていじめがエスカレートすると。

「いや、会長が悪いとは言えないですよ」

「僕、関わらないほうがいいのかな……」

「そんなわけないですよ。学園内でいじめがあるんだったら、それを止めようとするのは当たり前じゃないですか。シン君は間違っていませんよ」

ハーティス君がそう言ってくれます。

この場合いじめをなくすことが難しいのは、原因をなんとかできないってことがデカいです。ヒロインさんに、「女子たちに人気のイケメン君を何人も一人占めにするのはやめろ」って言えます？　言えないでしょ。

……いや、一度言ってみたほうがいいのかもしれませんね。それを言うと、僕がヒロインさんをいじめてるみたいになっちゃうかもしれませんけど。

「会長、その、いじめられてる人って、そもそも誰なんです？」

会計ちゃんが聞いてきます。

「うーん、それは本人の名誉のためにも、言いたくないな……」

「もしかして、リンス・ブローバーって人じゃ」

一年生の間でも有名でしたか……。

こういう場合は、開き直って聞いてしまうのもいいんじゃないかと思います。書記君と会計ちゃんが下校してからハーティス君と二人で生徒会室に残って話します。

「ハーティス君はなんであのピンク頭さんがいじめられてると思う？」

「ピンク頭って、脳内ピンクってことじゃないですよね？」

そう言って笑います。

「僕、前からずーっと彼女に、『勉強教えて！』ってつきまとわれていたんですけど、あれは勉強教えてもらうためというより、明らかに僕と仲良くなりたがっていたって感じでした。すぐに勉強と関係ない話になるし、僕の家の事情をいろいろ聞きたがるし……」

「どんな相談にも乗ってあげるよ、全部あなたを肯定してあげるから」

「そうそう！　そんな感じです！」

ハーティス君が手をポンと打って、わが意を得たりと言う感じになります。

「シン君もそれやられたわけですか？」

「そうなる前に逃げ回ってる」

「さすがです。僕は女性の扱いが苦手でして……」

「僕が得意みたいに言わないでよ。頼まれたらイヤとは言わないハーティス君を、僕は尊敬してるよ？」

「なんかヤダなあそんなこと尊敬されるの」

お茶をスプーンでかきまわして苦笑しますねハーティス君。

「僕の悩みを聞き出そうとしてくるんですよ。逆にちょっと怖かったですね」

「ハーティスくんの悩みって？　いや、無理に聞くことでもないけど」

「大したことじゃないです。僕って弱いし、なよなよして男らしくないし、三男坊ですから家ではなんでも後回しで、貴族として将来どうしようとか漠然とした不安があったんですけどね」

「そんなこと考えてたの？」

うん、確かゲーム展開でもそんなのがあったような。ヒロインさんはハーティス君のそういうコンプレックスを逆に褒めて褒めて褒めまくって気を引くんですけど。

「シン君見てたらどうでもよくなりました」

「ちょっとちょっとちょっと、それ、いい意味で？　悪い意味で？」

ハーティス君が屈託なく笑います。

「悪い意味だったらこんなこと言い出したりしませんよ。シン君、全然王子らしくないじゃないですか。セレアさんもです。ご令嬢らしくない」

そんなふうに見えてたの僕ら!?　って文芸部でセレアなにやってんの？

「ジャック君もシルファさんもそう。みんな自分らしいんです。本人たちは気がついていないんだと思いますけど、パウエル君やフリード君、ピカール君だってシン君につられて素が出ています。いまさらもう取り繕えないぐらいにね。ピカール君は最初っから悩みなんてなんにもなさそうでしたが」

「そうかなあ……。あの三バカあんな見栄っ張りと格好つけが素だったらそれはそれで厄介だと思うけど。まあピカールは元からああだよきっと」

「だから、僕も無理する必要なんてないんだって思いました。どうせ三男だし、天文学者になって好きな研究できればそれでいいやって」

とにかくハーティスくんはそれで肩の力が抜けたってことですかね。僕はこれでも、けっこう無理もしてるし我慢もしてるんですけど……。

「リンスさんなんですけど、まあなんでも相談に乗るよって、あのかわいらしさでそう言われたら、この子、僕のことが好きなんじゃないかと思っちゃいますよね。そうすると意識しちゃう。リンスさんは、『この子、僕のことが好きなんじゃないか』って思わせるのがものすごくうまいんです」

「うん！　それは僕も前から思っていたことだよ！　よくそこに気がついたねハーティス君は」

「シン君とセレアさんをそばで見ることができたせいでしょうかね。なんか違うなって違和感がすごかったですよリンスさんは。そうでなかったら僕もまいっていたかもしれません。パウエル君やフリード君みたいに」

「ピカールは入ってないの？」

「あはははは！　ほら、ピカール君は、全ての女性はみんなぼくに夢中さって信じて疑わない人だから！」

うらやましい性格してるよピカール。

「シン君とセレアさんは誰にでも優しくて公平です。でも、自分のナンバーワンはお互いの婚約者だってところが、二人ともまったくブレていない。僕は本物の恋人同士ってものをちゃんと見せていただきました」

うん、なんかゴメン。

「だから、リンスさんはニセモノなんですよ。僕はそう思いますね。そのことが他の女子にもわかるんです。たぶんですけどね」

的確に分析していますねえ。さすがは学者の家系です。恋愛も理系脳で割り切れると。

「彼女、今でも勉強聞きに来るの?」

「三年になってからはぱったりとなくなりましたね。僕の次に三位になったことだってあるんです。やればできるんですよ彼女。もう勉強教えてもらうふりをするのは無理なんです。あきらめたんじゃないですかね」

「ふーん……」

「あははははは。ヘンなんですけど、なんかいいですねこういうの。男同士の内緒話って感じで。僕、こういう話に入れてもらえたことあんまりなくて、ちょっと嬉《うれ》しいです」

言われてみりゃあ、僕もないね……。


はい次。

学園の食堂でボッチ飯をしているフリード君の正面に、トレイを置いて座ります。

「……なんの用だ」

「学園からいじめをなくすにはどうしたらいいかを相談しようと思って」

「お前本当に王子なのか? 王侯貴族だったら本題を切り出す前に、せいぜいご機嫌をうかがう、どうでもいいくだらない話の一つもするものだろう？」

「君以外の人にはそうしてるさ」

クール担当君の口端がちょっと上がります。珍しいこともあるもんです。

「さて、なにかといじめにあっていたあのピンク頭さんだけど……」

げほっごほってフリード君がむせます。食べてる途中で笑っちゃいそうになったのを我慢したって感じです。

「げほっ……。お前なあ、ピンク頭はないだろう。リンス・ブローバーだ。いいかげん覚えろ」

「そうそう、その子」

「お前本当にあいつに興味ないんだな……」

「ないね。ただ、君も知ってるようにあの子がいじめられると、どういうわけだか必ず僕もとばっちりを食らう。もっぱらピカールのせいだけど」

「その点は俺も認めよう……」

「そういや君もいつも現場にいたよね。ピカールに呼び出されていたわけ？」

「そうじゃないが、何度か関わるうちに付き合う羽目になったのは事実だ」

「もしかして不思議と偶然に関わることになることが多くなかった？」

「……その通りだ」

うん、すごいね強制力。君も一度教会にいってラナテス様にお布施を払ってきたらいいと思うよ。

「端から見てると、君とパウエルとピカールで彼女を取り合っているように見えるけど、実際は違う」

「ちょっと待て、俺たちそんなふうに思われているのか⁉」

「誰が見てもね」

「冗談じゃない……。あんなバカどもと」

「でも実際は違うって言ってるでしょ。彼女が三人に平等にモーションかけて、差がつかないように同じように、まるで調整しているように親密な関係になっているっていうほうが正しいかな」

「……お前よく見ているな」

「あーやっぱり君でもそう思うことがあるわけか」

フリード君、無言で昼食を続けます。認めてしまうのは嫌なこともありますよね。

「……話を元に戻してもらおう」

「ゴメンゴメン。いじめを止める方法だね。いじめはもちろんいじめるやつが悪い。それは大前提。でもその一方で彼女がいじめられる理由も考えないと」

「ああ」

「ミもフタもない言い方をすると、彼女が学園中のいい男に片っ端からモーションかけて、友達以上恋人未満になろうとするから、周りの女生徒たちの嫉妬を集めて嫌われてしまうわけだ。僕にもチャンスがあれば寄ってこようとするし」

「お前なあ、本当にミもフタもないな！　もう少し言い方ってものがあるだろう」

「遠回しで思わせぶりな言い方のほうが君は好きかい？」

「いや、まあ、話は早いに限るが」

「婚約者がいる相手でもおかまいなし。身分差があっても平気。既存のルールにとらわれない自由さ、天真爛漫《てんしんらんまん》さ、それが貴族の格式ばったお嬢様に飽き飽きしている男には魅力的であり、女子には目障りでもある。まさに野良猫《のらねこ》」

「……言い得て妙だ」

「せめて誰か一人に絞ってくれれば、波風も立たないってもんなんだけど……」

「同感だ」

意外と冷静に物事を見ているんだなクール担当。食事を終わって、フリード君が水を飲み干して、トレイを持って立ち上がります。

「俺は降りる」

ええええええ――――！

「ちょっちょっちょっちょっと待って。僕はなにもそんなこと君に頼みに来たわけじゃないよ！」

「わかってる。俺がバカバカしくなっただけだ」

「いやなにもそこまで」

「なにより俺があんな女に振り回されてると周りに思われたらたまらん」

いえもうみんなにそう思われていますけど。

「お前を疑ったこともあったな。悪かった。もう俺に関わるな」

いや……。まさかこんなことになるとは。

クールって大変ですね。ちょっと同情しちゃいます。


「どうでもいい」

ジャックに、ヒロインさんがいじめられていることについて聞くと、あっさりした答えが返ってきます。

「お前は生徒会長だからな、そりゃ気にもするだろうけど俺はどうでもいいよ」

「冷たいねえ」

「関わるとロクなことにならん。あの場ではなりゆきで一緒に水もかぶったけどよ、もうゴメンだね。俺のほうが冷たい思いしたわ」

そういやそうか。

「思わせぶりなこと言って俺とシルファの仲を邪魔してくるやつ。俺の認識はソレだ。だからどうでもいいし関わりたくないんだよな」

元々はツンでドSなキャラのジャック、別に意外な答えじゃありません。

うん、ジャックのほうは問題なしです。そのまんまでいてください。

ピカールとも一度話をしてみたいのですが……、手ごわいですね！　いつも誰か女の子が周りにいますので、なかなか一人でいるところを狙えません。

男が二人っきりになれる場所、紳士の隠れた社交場と言うと、やっぱりアレです。そういうわけで、廊下でちょっと彼が来ないか様子をうかがいます。

「やあ、シンくん」

「こんちは」

トイレの便器でピカールの横に並んで用を足します。

「……どうだい？　ピンクのお姫様へのいじめはまだ続いているのかな？」

「リンスくんか。君が気にかけてくれるのは嬉しいね！」

ぱあっと明るく、声のテンションも上がりますねピカール！

小用を終え、手を洗いに行くピカール。特に変わったところはありません。

「……ピカール君、トイレでは意外と普通だね」

「きみはぼくをなんだと思っているんだい」

「いや、回りながらおしっこするんじゃないのかと」

「周りに大迷惑だろうそれ……。だいいちここにはレディたちのギャラリーがいないじゃないか」

いたらやるんかい。

「うーん、美しい小用のポーズか！　それは考えたことがなかったよ！　さすがはシンくん、その発想素晴らしいよ！　検討に値する！」

「いや僕が発案者みたいに言われたら迷惑だよ、それはやめて」

どんなポーズですか。さっぱり話が進みません。ゴメン僕のせいですね。

「彼女へのいじめの再発は最近始まったものなのかな？」

「どうやらそうでもないらしい」

二人で手を洗いながら、顔を見合わせます。

「その話詳しく聞きたいよ。二人で話せないかな？」

「嬉しいね！　その申し出！」

本当に嬉しそうなんだからわからないものです。男なんかに声かけられてもつまらないんじゃないかと思ってました。

「ぼくにはこの学園で、一度行ってみたいところがある」

「どこ？」

「屋上さ。学園の全てが見渡せるはず。世界をこの目で確かめるんだ。いつも閉鎖されていて入れなくてね」

「じゃあ放課後そこで。僕がカギを借りてくるから」

「それは嬉しいな！　楽しみにしているよ！　じゃ！」

面白いやつですねえ。子供みたいなところがあります。

放課後、学園祭の時に垂れ幕を降ろせないかチェックしたいと、適当に理由をつけて職員室から先生にカギを借りて、屋上入り口に行くとピカールがもうワクワクしながら待っていました。

「この学園で君が女の子に囲まれていないところ、初めて見たかも」

「確かに、レディースをまいてくるのは大変だった。カギはあるかい？」

階段の下からカギを投げると、ピカールがそれを受け止めます。

「さあ、天国への扉が開くよ！」

飛び降りたりしないでよ？　ピカールがカギを開け、扉を開くと、傾いた日差しが暗い通路に差し込み、まぶしいほどです。僕も学園の屋上に上がるのは初めてです。

「アハハハハハハハ！　素晴らしい！　見てよ！　この空も、夕日も、今はぼくのものだ！　独り占めさ！」

屋上でクルクル回りながらはしゃいでます、ピカール。

「僕もいるんだから独り占めしないで」

「さあ、風景を眺めよう！　この美しいラステールの街を！　存分に！」

手すりに向かって走るピカール。落ちそうです。

「気をつけてよ！」

「わかってるさ。……美しい。この学園から眺める街も素晴らしい……」

二人で、夕日に照らされる王都を眺めます……。まるでおとぎ話に出てくるような美しい街並み、僕らの誇りです。

「ありがとうシンくん。入学以来の夢がかなった……」

「こんなことでよければ」

「えーと、話はなんだったっけ」

「ピンクのお姫様」

「ああ、そのことか」

ふっとピカールのテンションが下がります。いや、落ち着いたって感じかな。

「ぼくにはね、特別な魔法があるのさ」

「へえすごい。どんな魔法？」

「リンスくんの涙を感知する、乙女の涙魔法……と言っていいのかな？」

なんだそりゃ。

「なにか胸騒ぎがして、彼女を捜しに行くと、なぜか彼女は泣いている。いつもそうさ。彼女がいじめられていた現場にいつもぼくがいたのはそのせい」

すごいなゲームの強制力。そんなことにまで影響するんだ！

「不思議さ。他のレディたちにはこんなことは起こらないのに。きっと天使がぼくに彼女を守ってやれって、使命を与えたんだろう……」

「ずいぶんおせっかいな能力だねえそれ」

「この能力は万能じゃない。なにも起きてなくて、ほっとしたことも何度もある」

それ、ただ単に君がいつもピンク頭の様子見に行ってるだけなんじゃないの？

かわいいやつだなピカール。

「でも、最近はこの魔法もあまり効かなくなってしまったようだ……」

手すりに頬杖《ほおづえ》ついて、街を眺めるピカール。綺麗な長い金髪が風にそよそよと揺られます。男の僕から見てもいい男です。

「胸騒ぎが起きなくなってしまったんだ……。演劇部でも彼女の態度は変わらない。変わったところはないんだ。でも、彼女のクラスの部員からは、今日もトラブルがあったよって聞かされる。びしょびしょになった制服を演劇部の衣装と着替えていたりね、彼女は三年になった今でも水をかけられてしまったり、私物を隠されたりしているらしい。あの机の落書き事件は、演劇部の部員に教えてもらった」

「……今でもいじめは続いていると？」

「そうさ」

「それ問題だな」

「彼女が強くなったということかもしれない。もう彼女は泣いていないんだ。ぼくを頼りにしてくれることももうない。天使に『ご苦労様』って言われた気分だよ」

ピカール、寂しそうです。

「いじめを行っているのは誰だろう？」

「わからない。やることが幼稚すぎるとぼくも以前から不思議には思っている」

「生徒会でも相談してみたんだけど、貴族のいじめっていうのは、上下関係を叩《たた》き込む目的があるらしい。つまり自分のほうが爵位が上だってね。だからやるなら本人の目の前で直接やるし、悪口を言うのも罵倒するのも本人に直接だって。誰がやったのかわからないように隠れてコソコソやるのはおかしいってさ」

「……確かに。ぼくも、ぼくの周りのレディースたちでそういういざこざが起きるのをずっと止めてきた。ぼくの愛は爵位では独り占めにはできないってね。ぼく自身も多くの嫉妬を経験してきた。美しい者の定めさ……」

ほんとおめでたいなピカールは。さすがだよ。

「だからこれはいじめじゃなくて、個人的な恨み、報復なのかもって言われたよ」

「……あるかもしれない。リンスくんはとにかく誤解されやすい。学園のアイドルを独り占めにしているって思われても仕方がないのはぼくも認めるところさ。現に彼女の周りにはぼくがいて、きみがいて、フリードくんもパウエルくんも、ハーティスくんもいる。彼女に冷たいのはジャックくんぐらいだろう」

「アイドルに僕も入れるのやめて」

「ぼくが演劇部の王子様なら、きみは学園の王子様なんだよ？　そこはちゃんと自覚を持って行動しなければ」

「はいはい」

「ぼくらナイトが彼女を守る。それで周りのレディースが嫉妬を募らせる。ぼくらに隠れて彼女をいじめる。悪循環さ……」

意外と本質が見えてるなピカール。ただのバカじゃなかったってことですか。

夕日が綺麗です。もうすぐ外の城壁にかかって沈みそう。

「……ピカール君、いつもモテモテで女の子に囲まれているけど、君は婚約者とか、いないの？」

「いっぱい話は来る。返事を待ってもらっているよ」

「贅沢《ぜいたく》な話だねえ」

「学園にいる間ぐらいは、好きに恋して、自由でいたい。卒業と同時に、ぼくは相手を決めなければならないだろうね」

「余裕だねえ……。そんなの待っていたら、いい子を取られちゃうよ？」

「本当に待っていてくれた子こそ、ぼくの伴侶にふさわしいのかもしれない。ぼくはそう思っているよ」

「そんな子は案外少ないに決まってるって」

「きみが十歳の時から惜しみなくセレアくんに愛を注いでいることは知っているさ。うらやましいとも思っている。ぼくがきみをライバルだと認めるのは、ぼくよりも素敵な恋をしているからなのかもしれない。きみには勝てないものがぼくにもある。ぼくのコンプレックスさ……」

あっはっは。セレアとは、もう結婚してるよって言ったら、どんな顔するでしょうねピカール！

「とにかくだ」

日が沈んでしまってから、ピカールが手すりを離れます。

「彼女は強くなった。リンスくんがぼくに相談したり、頼ってくれたりすることなんて、実は今はもうないんだ。もうぼくの助けはいらないってことだろう。それもいいとぼくは思う。ちょっとさびしいけどね」

意外です。部活も同じだし、ピカールと一番仲がいいと思っていましたから。

「きみとこんな話ができて嬉しい。ぼくは男子諸君とはなかなかこういう話をする機会がなくてね。男同士で恋バナなんて、ちょっとあこがれのシチュエーションさ」

「恋バナだったかなあ今の話……」

ハーティス君とおんなじようなことを言いますね。

「いいものを見せてもらった。ありがとう」

素敵な笑顔で僕にカギを返して、ピカール、回らないで普通に去っていきました。

ピカールもヒーローレースから辞退ですか。意外な展開です。話だけ聞くと、ヒロインさんのほうからアプローチをかけてくることがなくなってきているってことになるんでしょうか。あきらめたのか、それとも他の攻略対象に絞っているのか。

「それ、ピカールさんのイベントじゃないですかあ！」

あっはっはっは！　下校で、夕暮れの歩道を歩いている時にセレアにそのことを言うと、なんか怒ってるんですよね！

「ずるいなあシン様は。ピカールさんとヒロインさんの屋上でのラブラブイベントあるの知ってたでしょ？」

「うん」

「それをヒロインさんから取っちゃうんですか」

「だってピカール、いつも女の子に囲まれてて、なかなか一人になってくれないから餌《えさ》が要ると思って」

「なんだかなあ……」

んー、なんで怒るの？

「シン様って、けっこう腹黒！」

「どっちの味方なのセレアは」

「そりゃあ私はシン様の味方ですし、悪役令嬢としては、イベントも起きてほしくないですけど、人の恋路を邪魔するのはどうかなあっていうか……」

「ゴメンゴメン、もうやらないよ」

うん、今後はセレアにも内緒にして続けましょうか。

ここまで全攻略対象に話を聞けましたね。

最後は脳筋パウエル君にも話を聞こうと思ったんですが、取りつく島がないですね。

「あんたと話すことはなにもない！」ってにらまれちゃいましたよ。

恨まれていますねえ僕。思い当たる節がないんですが。せいぜい武闘会でコテンパンにしたり、近衛騎士になるって将来の夢のフラグをバッキバキに折ったぐらいでしょ。別に恨まれる筋合いはないと思うんですけどねえ……。


三年生の一学期、終了しました。

期末試験の順位は一位がハーティス君、二位は僕です。ついに抜かれましたか。セレアが十位でヒロインさんは三十台と現状維持ってところです。

「やられたよハーティス君！」

素直に称賛しますよ僕は。

「油断したんじゃないですか？　シン君」

「いやいや、前からずーっと思っていたよ。君はいつか僕を抜くって」

「……ありがとうございます」

嬉しそうですねハーティス君。

「僕が王子様を抜いちゃっていいものなのかどうか……」

「いいさ。全然かまわないよ。学園で僕がトップってのは、いいことじゃないと僕は思ってる」

「そうなんですか？」

こっそりと声をひそめてハーティス君にささやきます。

「（この学園に僕より頭のいいヤツがいないって、困るよ。僕が即位したときに、頼りにしていいブレーンになれるヤツがこの学園には一人もいないってことになるじゃない）」

「（うわぁ……）」

「（期待してるよハーティス君）」

「（僕、天文学者になりたいんですけど……）」

ぱしっとハーティス君の背中を叩きます。

「頼りにしてるよ！」

「やめてくださいってば！」

まあ、何年も先の話です。考えておいてくれってことですね。

☆彡

生徒会、夏休みでも仕事があります。

音楽部が市内の音楽コンクールで三位になりました。まあそれぐらいはなってもらわないと。セレアと一緒に聴きに行きましたが、上位とだいぶ差が詰まってきましたね。けっこう難曲に挑戦してました。

美術部はようやく油絵に挑戦したようでして、これで王室主催のサロンに出展できるようになりました。一年生部員が、なんだか子供が描いたような雑な絵を出品しまして、笑われちゃいましたけど。

「印象をさっと絵にしてみたんですけど、だめでしたね……。全然理解してもらえない感じです」

近くで見ると、なに描いてあるのかわからないんですけど、遠く離れて見ると確かに絵になってるって、不思議な絵なんです。僕はこれいいと思うんだけどな……。

鏡に映したように精密で写実的な絵ばかりの中で、異彩を放っていたと思います。

一年生くんはがっかりしてましたが、セレアは「こういうの、いつかきっと認められるようになりますよ！　続けてください！」って励ましていました。今年サロンの入選作品はなしです。美術部、前途多難かな。

ジャックが部長の剣術部、他校との交流試合をいくつかやりました。一勝一敗かな。僕の国でも武闘会がコロシアムで開催されますが、さすがに学生が出るような大会じゃないです。学生の武闘会も全国大会で開催しようという提案はよくあるんですが、ケガ人も出ますし、学生のうちはそんなことより勉強せいということで教育大臣が許可しません。ま、ごもっとも。

「修業のやり直しだ！」と言って、ジャックはシルファさんと一緒に領地に帰っていきました。今年は絶対に学園武闘会で優勝するんだって張り切っていましたから、頑張ってほしいです。

夏休み後半は、養護院の子供たちと一緒に林間学校です。

王都近隣の湖で、いつも僕の護衛をしてくれるシュバルツと一緒にブートキャンプですよ。子供たちに泳ぎを覚えてもらいます！

養護院のスタッフのみなさんがなんでもやってくれますので、僕とセレアは近くのロッジで、ひさびさにゆっくりできました。

「殿下はね、働きすぎなんですよ。付き合わされるセレア様の身にもなってくださいよ。お二人で、なんにもしない時間も作ってください。いいですね！」

シュバルツにそう言われて追い出されちゃったってのがホントですか。なんにもしない。確かにそんな時間、全然なかったです。だってこうしてなんにもしない時間作ってしまうと、僕とセレア、間が持たないぐらいですから。

なんにもしないで一緒にいたことがないんです。うわあ、僕らそんなこともできないの？　盲点でした！　今日の昼食はどうしよう、今日の晩御飯はどうしよう。二人でそんなことばっかりやってます。結局、すっごい時間かけて、二人で料理作ったりね。

虫の音だけがする静かな夜、セレアと寝袋にくるまって眠ります。こんな時間も、全然作れていなかったなあって思います。反省ですね……。

やっぱりなにも仕事してないってのはどうも性に合わないと言いますか、王都に到着するとすぐに仕事再開です。

ペニシリン工場が始動なんです。とは言っても、例のアルコール工場の一角を借りて分社化したんですけど。醸造、発酵ってプロセスがカビを育てるのと似ていないこともないので、学院から一人派遣をしまして、専門に技術指導してもらって量産化のめどが立ちました。

これには実は某公爵家の全面的なバックアップがいただけたおかげなんです。名前は出しませんが、そこのご子息が梅毒に感染し、廃嫡、追放の危機になったんですが、ペニシリンの投与により完治し、その効用が認められたんです。これに喜んだ公爵殿が量産のための資金を調達してくれまして、一番高価なフリーズドライのための真空ポンプ施設を用意することができたんです。

動力源は蒸気機関ですよ！　石炭を燃料に駆動します。すごいですね！

「液体の生ペニシリンでなく、いきなりフリーズドライによる結晶化が実現できたのは画期的だったと思います。これはもう本当にセレア様のおかげです！」

この件、もう僕らの手を離れていますので、詳しいことはスパルーツさんから話を聞くだけなんですけど。公爵殿と王宮で株を持ち合って、現在中央病院に独占的に供給するような体制になりました。これは御前会議に提案して認めてもらったものです。大変不名誉なことではありますが、梅毒で身内を亡くした方が大臣のみなさんの中にもいるので、これは驚かれました。不治の病と思われていましたからね。

破傷風にも、肺炎にも、腸炎などの病気にも効く薬でよかったです。おそらく梅毒にだけ効く薬でしたら、製造の承認を得るのは大変に難しかったのではないかと思われます。ほら、梅毒に効く薬ができた！　って言って、それは素晴らしいとは思っても、それを喜んで増産しようなんて貴族でしたらなかなか言い出せません。好色な不道徳者だと思われかねませんから。

手間暇もかかる高価な薬ですので、まず儲《もう》けなければなりません。厳しい現実です。安価で市民に供給できるようになるのは十数年後でしょうか。学院の化学科にも化学合成できないか研究を頼んでいますが、こちらのほうは手がかりさえなく途方に暮れているところです。これぱっかりは化学が今より数段発達しないと無理みたい。

しかし、今まで治療が不可能だった病気の治療ができるようになったというのは、大きな進歩です。

「アオカビでこれだけの効果があるんです。この世界にはまだボクらが知らない抗生物質がたくさんあるのかもしれません。ボクはこれをライフワークにして、カビだけではなく、他の微生物も研究しようと思っています！」

スパルーツさん、張り切っていましたね！　面白いのは、僕たちが行くと、学院の研究員がうわーって集まってくるようになったことです。みんな自分の研究を見てもらいたがるんです。

「殿下とセレア様に見てもらうと、必ず新しい研究のヒントがもらえる！」って評判になっています。ぜひ自分の研究も見てもらいたいって申し込みが殺到していますよ！　うわあ……。なんだかなあ！

「セレア様！　土星の周辺物、確かに輪でした！」

ハーティス君のお父さんのヨフネス・ケプラー伯爵がスケッチを何枚も持ってきますし、別の研究員の人は、「火星の衛星は二個です！　『フォボス』と『ダイモス』って名づけましたよ！　『ガリヴァー旅行記』、本物でした！」って大騒ぎです。

「セレア様！　見てください！」

同じ天文学部のエドモンド・ハーレイさんが、巨大な紙を丸めて持ってきました、それを机に広げると、大きな楕円《だえん》が描いてあります。

「十五年前に現れた彗星《すいせい》の軌道予測図です！　観測データを元にして軌道を楕円で計算し直してみたものです！」

大きいです。土星の軌道の外にはみ出してますよ。

「すごいですね！　これで予想通り彗星がもう一度現れれば、この説が証明できることになりますね！」

こういうの見るとワクワクしますね！　最新の科学に触れた気がします！

「いつ戻ってくるんですか？」

「六十三年後です！」

……うん、僕たち、たぶんそれ見られない。

夏休みが終わり、長い二学期が始まります。イベントが盛りだくさんです。でも、もう気にしなくても大丈夫。僕たちなら、きっと、なにがあっても乗り越えられます。

「さあ、行くよ。僕らの戦場！」

「はい！」

ちょっとだけ日焼けした僕たち、出陣です！

6章 最後の学園祭

二学期で一番大きなイベントは学園祭です。僕ら三年生はこれが最後ですから、学園のみんなに楽しんでもらえるように生徒会も頑張らないといけません。準備が進んでいるか、放課後各部を見て回ります。

「あ、シン君、いらっしゃい」

文芸部、ここにはセレアはいませんでした。残念。でもみなさん歓迎してくれます。

文芸部部長のハーティス君が頑張っています。生徒会の副会長でもあるんですが、基本学園祭は文化委員と文化委員がやってくれています。生徒会は活動内容のチェックを主にやっていますので、僕がハーティス君の分まで一生懸命仕事することになります。

ま、学園祭は年に一度の文芸部の発表の場。それぐらいは協力しますよ。

「今年は小説を文集にして発行しようかと」

「本格的だねえ！」

「なんで印刷が大変なんです！」

みんなガリ版で大量に印刷をしています。すでに刷り上がった小冊子が積まれています。

「見てもいい？」

「どうぞどうぞ」

一冊手に取ってみます。……推理小説ですね。

……なにこれ。

「あー！　シン君、推理小説は最後のページを先に読んだらだめですよ！」

「登場人物三十人が全員犯人って、オチが壮大だねえ？」

「探偵も衛兵団も全員グルなんですからねえ……」

「よくそれを三十ページに納めたね……」

それはそれで、すごい才能かもしれません。

「誰が書いたの？」

「僕です！」

生徒会で書記をやってくれているカイン君が手を上げます。

「すごいアイデアだね。斬新だよ」

「僕がオチをどうするか悩んでたら、セレアさんが、『容疑者全員が犯人だったたってのはどうですか』とか言うもんですから、そのアイデアいただきました」

なにしてくれてんのセレア。いいのそんな推理小説？

「これ一冊もらっていい？　帰ってからちゃんと読みたい」

「ありがとうございます！　光栄です！」

カイン君大喜び。学園祭で話題作になるといいですね。

「セレアもなにか書いたのかな？」

「はい、これなんですけど、絵巻物なんですよ」

「へえ……。セレアがそんなもの書くなんてなんか意外」

「面白いんですよ。絵が描いてあって、セリフが書き込んであって、起承転結の四コマで一話なんです」

「へえ、絵で見る四行詩って感じだね」

「四コママンガっていうんだそうです」

パラパラとめくってみます。

ちょっ、王子ネタやめて！　王子ネタはやめてくださいセレア様！

「発禁んんんんん!!」

「そんな――――!!」

「焚書《ふんしょ》おおぉぉおおおおお!!」

「どれも微笑《ほほえ》ましいエピソードじゃないですかぁ！」

「微笑ましいかこれ！　どれも僕が子供のころにやらかしたことばっかりじゃないですかぁ！」

「シン君がいつもやってる自虐王子ネタみたいなもんでしょうが！」

「それはね本人がここぞという時披露するからいいの！　こんなふうにダイジェストにして出版されちゃったら僕もうこのネタ使えないじゃない！」

うあああああ。もうどうしてくれんのセレア……。僕泣きたいです。

あとでよーくお話ししてみる必要があるようですね。

「今年は見逃すけど、来年はもっと別なやつにして……」

「三年生に来年はありませんよ……セレアさんに言ってください……」

僕がゴールキーパーの練習で顔面にボールの直撃を受けて鼻血を出して涙目になってたとか、執事喫茶の練習をこっそり王宮で筆頭執事とやっていたとか、ノリノリでニンジャマンのキャラ作りを仕込んでたとかそれはいいです。でも、僕が雷が怖くて泣いてたとか、おねしょして「この大陸は僕が治めるんだ！」と開き直ったとか、サラン姉様に聞いたとしか思えないエピソードまで載ってるじゃないですか。言えませんけどね。奥さんが一生懸命書いたんですから、僕が涙を飲むしかないですねこの案件は……。


「シンくぅうぅうううん！」

うわあこの甘ったるい呼びかけはアレだあああ！　相手しないとだめですかね？　ヒロインさん、

こっち向かって走ってきます。

「廊下は走らないで。淑女が走るなどみっともないことをしてはいけません」

「固いこと言わない！　それよりなんですかこの、私のクラスの『フライドチキン店営業不許可』ってのは！　生徒会が営業妨害ってなんの権限で禁止するんです!!」

手に持った紙ヒラヒラさせて憤慨してます。あーあーあー、そのことかい。

「学園祭は生徒の自主運営がルールです。業者を入れて丸投げというのは許しません。それでは生徒がイベントの運営を学び、主体的に実行するという学園祭本来の教育目的にも反しています」

「なんでえ？　ここ貴族学園じゃない。貴族ってのは命令する立場なんだから、なんでも自分でできるようになる必要はないでしょう？」

「君がそれ言うなんてだいぶこの学園に毒されてきたんじゃないですか？　自分で働いた経験のない貴族なんて、領民に無茶な命令をするような下の者の迷惑を考えない独善的な貴族になっちゃいますよ。そういうことを学ぶのも学園ってことです」

悔しそうに涙目になりますねヒロインさん。

「……私、一年生の時、シン君のクラス見て、うらやましくて。だから二年生の時、私たちのクラスもなにかやろうって提案したの。でも、クラスのみんなは誰も賛成してくれなくて、なんで貴族がそんなことしなきゃいけないんだって反対されて、やるんならお前一人でやれっていわれたの。だから仕方なく……」

二年生の時にやっていたフライドチキン店はそれでですか。そりゃあお気の毒です。

「気持ちはわかります。でもそれは事前準備が足りないからです」

僕が御前会議や、大臣との折衝でいつもどれだけ資料を集め、材料を用意し、説得にかかっていると思っているんですか。すんなり通ったことなんて五分の一もありませんよ。反対否決、やり直し、再提出なんてしょっちゅうでした。ちゃんちゃらおかしいですね。

「いいですか？　反対されるのはその企画に魅力や利益がないからです。相手が貴族だからというのは関係ないです。きっと楽しいものになる、やりがいのある素晴らしいものになるとクラスを説得できなかったのなら、それは君のひとりよがりなわがままです。クラス全員を説得する材料を用意する。できないならクラスの決定に従う。それを学ぶことも学園の教育目的なんです。独善的に無理を通そうとするのはだめです。人に、ましてや業者に丸投げなんて楽をしようとしてはいけません」

「私、演劇部だからそんなのやっているヒマがないし……」

「大変なことは実家の業者に任せて自分は楽しむだけにしよう。それ、君のクラスの人たちとなにが違うんです？　君は毎年、僕が執事喫茶のウエイターとして一人一人のお客様にあーんしてやってるのを見ませんでした？　僕たちのクラスは学園祭を楽しむためにみんなで全力で努力しました。君は手間ひまを惜しんでいませんか？　実家の業者に丸投げするのは君の努力でしょうか？　君は実家のフライドチキン店の宣伝を学内でやりたいだけです。そんなことは禁止します」

「ぶうううううう！」

「僕だってね、今年は執事喫茶やめて別なものにしようって言ったらクラス全員に反対されましたよ。そこは君と同じです」

「王子様の命令を誰も聞かないんですか!?」

これにはピンク頭も驚いたようです。

違うのにしようって言ったらね、「……女装メイド喫茶がいいですか？」ってパトリシアににらまれちゃいましたよ。

「当たり前です。ここじゃ僕、王子じゃないんですから。いいですね、なんと言われようとだめなものはだめです。フライドチキン売りたかったら自分で揚げてください」

「……はあい」

「今年は券くれないんですか？」

「……どうぞ」

演劇部の優先券二枚、ゲットしました。

クラスに戻ってみますと、セレアもみんなと一緒になって、喫茶店の新メニューを検討しています。楽しそうですね。言えませんねあの小冊子のことは……。セレアのガッカリ顔なんて見たくないですし……。

「今年は砂時計を導入します！」

執事＆メイド喫茶プロデューサー、パトリシアが熱弁しています。

僕、二年生の時から生徒会長なので、学級委員長は去年からパティに譲っています。

「毎年居座り客が多くて回転が悪すぎます。今年は各テーブルに三十分の砂時計を一つずつ置いて、時間制限を設けます！」

「うわあきびし――！」

執事、メイド役の僕とセレアが忙しくなっちゃうじゃないですか！

「シン君、セレアさん、今年は午前中フルにシフトについてください！　生徒会のほうでちゃんとスケジュール調整して！」

「……ジャックは？」

「去年のジャックのツンデレ執事も悪くなかったんですけど、ジャックが執事やっていた間、やっぱり料理の質が下がっちゃいまして、ジャックの料理長は動かせないなーと思いまして」

「うん君が本気なのはわかった。でもそれはみんなでカバーし合って、クラスのメンバー全員が平等に学園祭を楽しめるよう配慮して」

「……はあい。でもシン君がいない間の執事はどうしましょう……」

「そこは考えてよ」

「シン君やジャックほどのイケメンはもうこのクラスには……」

「悪気なく失礼なこと言うのやめてパティ」

クラスの男子が気の毒ですって……。

☆彡

さあ、学園祭が始まりました！　最後の学園祭、思い切り楽しみたいですね！

「やあ！　ぼくの友人にして永遠のライバルのシンくん！　来たよ！」

……なんで来るのピカール。

「なんで執事服着てるの……？」

「ぼくもきみの執事喫茶を手伝おうと思って」

きゃあああああ――――ってクラスの女子から歓声が上がります。

「……乱入してこないでよ。君、自分のクラスは？」

「ぼくのクラスは三年連続で、なんにもやらないのでね、それじゃつまらないだろ！」

「それ君の責任だよ。クラス委員長だろ君……。演劇部は？」

「今年のぼくの出番は、チョイ役だけなんでね、別にいいさ」

「あ、ありがとうございますピカール様！　ピカール様が執事をしてくださるなら千客万来間違いなしですわ！」

パトリシアのテンションがマックスですよもう……。

「あのさ、この店の接客はさ……」

「わかってるよ。乙女の夢をかなえる執事喫茶、ぼくはお嬢様の下僕さ」

「なんでわかってるの……」

頭痛いです。

「きゃあああああ！　ピカール様あああ！」

「お帰りなさいませお嬢様、さ、お席へご案内いたします」

演劇部すごいな！　接客、完璧だよピカール！

女性客をちやほやすることにかけては天才だよ！　ほら噂《うわさ》を聞いて教室の前にお嬢様たちの列ができちゃいました。並ぼうとした男子生徒が殺気をはらんだ目で女生徒客ににらまれますんで、男が並べるような雰囲気じゃありませんよこれ！　もうメイド役のあのセレアがヒマそうですもん。

「ピカール様！　なんでここに！」

ヒロインさん来ちゃいました。今日は村娘の衣装着ています。今年もヒロイン役なんだって。三年連続かい。すごいなそれ！

「ピカールとお呼びください。おかえりなさいませリンス様。さ、お席へご案内いたします」

おそらく僕目当てで来ただろうピンク頭を席へエスコートするピカール。

「今のぼくはあなたの下僕です。なんなりとお申しつけください」

……君さあ、それがやりたかっただけなんじゃないの？

「ピカール様、クラスが違うんじゃあ……」

「お気になさらず、リンス様。毎年シンくんたちがやっているのを見てね、これこそぼくの天職！　ぼくが光り輝ける舞台にふさわしいとゾクゾクしてね！　ぜひやってみたかったのさ！」

「それで主役を辞退したんですか今年は……。このためにですか……」

演劇部の主役を辞退してまでやりたかったって、執事をかい？　伯爵子息の君がわざわざ執事がやりたいって、どういう嗜好《しこう》ですか？

しかしお嬢様たちのどんなリクエストにも答えちゃうピカール、さすがです。でも耳かきを持ってきたお嬢様に膝枕で耳かきまでしてあげるのは、ちょっとやりすぎだと思います。僕もセレアもかすんじゃうね。そんな感じで、午前中、僕とピカールでお嬢様たちにあーんしまくりました。もうあーん喫茶でいいんじゃないこれ？

「じゃあ、僕ら抜けるから。あとはお願いするよピカール……」

「まかせたまえ。学園祭、お互い楽しもう！」

君、これが楽しいの？　すごいな君！

ま、いいやつです。なんだかんだ言って、三年間通して、面倒なやつでしたがずっと僕の友達だったと思います。考えてみればジャック以外で、最初から身分差別なし、殿下抜きで付き合ってくれた学園での最初の友人が、実はピカールだったのかもしれません。

ヘンなやつですけどね。今はそのヘンなところも、友人として楽しいやつだと思えるようになりました。

セレアと二人で駆け足で各部の展示、出店を見て回りました。ヒロインさんのクラス、なにもやってませんでしたね。フライドチキンのお店禁止にしたら、まあそうなるのかあ。やる気ないなあ。一店、ピザを焼いている二年生のお店があって、人気でした。セレアと並んで入って食べてみましたけどけっこうイケます。二年生も一年生も、ほとんどのクラスが出し物をやっていて、これなら僕らが卒業したあとも安心だなって思いました。なんにもやらないクラスなんてつまらないよね。やっぱり学園祭、みんなで盛り上げていきたいです。

楽しみにしていた演劇部の舞台。今年は、『美女と悪魔』です。「美女」の役を引き受けちゃうって、なかなか度胸いると思いますねえ。これをやるのがヒロインさんことピンク頭なんですけど。前も思ったけど、ヒロインさんがヒロインをやるというのもなにがなんだかわからないや。

これは去年、シェイクスピオのグローブ座に演劇部が渡した『オペラ座の貴公子』の版権と交換で上演権をもらった台本なのだそうです。書き直した『歌劇座の怪人』が好評で儲《もう》かったのに気をよくしたシェイクスピオが、演劇部にプレゼントしてくれたそうで、上演前に演劇部部長がそのお礼を口上で披露していました。なんとか婦人とかが書いた童話が原作の脚本だそうで。

森の中に建つお城に住む王子様が、一晩の宿を請う老婆を追い返そうとして、老婆の怒りを買い、魔法で姿を悪魔に変えられてしまうってところからスタートです。老婆は実は人の良心を試す意地悪な魔法使いということでした。

「……なんで王子様なの？　王様どこいったの？　王様いないなら自分が王様でいいんじゃないの？」

「それは言わない約束ですよシン様……」

「領民は？　国民どこにいったの？　税収はどうしてるの？　どうやってやりくりしてるのこのお城？」

「それも言ったらだめですって……」

愛を知らずに育ったわがままな王子が、心を入れ替えて人を愛し、愛されれば、魔法は解ける。人の美しさは見た目ではなく心にあるというのがテーマです。だったらヒロイン、「美女」じゃなくてもいいじゃない……。

王子から姿を変えた悪魔役は、去年、あのオペラ座の仮面の怪人を演じたモルト男爵の三男坊。去年に引き続き、いい演技で熱演します。才能あるよ。怪物の役をやらせると光るタイプですね。当たり役と言ってもいいでしょう。そんな森に迷い込んだヒロインさんが、城に捕らわれの身となり、悪魔に監禁、投獄されてしまいます。理由は不明。なんの罪状なの？

自分の女になれと露骨に申し込む悪魔王子ですが、村娘役のピンク頭に拒絶されてしまいます。腹を立てた悪魔は苦悩しますが、どうにも彼女の気を引くことができません。醜い姿の自分など誰が愛してくれようか。切ないですねえ。

男は顔、顔、顔！　イケメンでなければ人にあらずか。せちがらい……。

で、城を逃げ出したヒロインさんが野盗に襲われそうになったところで悪魔王子がそれを助け、二人は次第に心開き惹《ひ》かれ合い……。

「よかったですね、モルトさん。今度はちゃんと主役やれて。今度こそ、きっと高い評価をしてもらえますよ」

セレアも喜んでます。去年はひどい役でしたもんねモルト君。ヒロインも主役もいいとこ全部ピカールにさらわれる悪役でさ、残念な役だったもんね。

しかーし！　そこへ、勇者（部長）一行が現れまして、悪魔退治に乗り込んできます。

ヒロインさん、王子は見た目悪魔なんだけど、本当は優しい人なのと一生懸命かばいますが、聞き入れない勇者たちは悪魔を倒そうとします。

ヒロインさんもなかなかの熱演です。うん、魅力的です。人気出るでしょうこれは。なんだかんだ言って三年間、演劇部に打ち込んできた彼女の集大成、代表作と言っていい演劇になりました。

考えてみればヒロインさん、別になにか悪いことしたわけでも、楽してなにか得ようとしたわけでもないんです。彼女なりに学園生活を充実させ、一生懸命やっていたわけです。それが全部、攻略対象にモテモテになるためってところが最低と言えば最低ですが、そこは色眼鏡を通さず、きちんと見てあげるべきだったのかもしれません。見直しました。劇が終わったら、僕も花でも届けてあげましょうか。

自分の命と引き換えに魔法を放ち、勇者一行を倒した悪魔王子ですが、そのために倒れて絶命してしまいます。悪魔を抱きしめて泣くヒロインさん。

「……あなたを愛してるわ。私の悪魔……」

するとどうでしょう！　悪魔にかけられていた魔法が解けて、イリュージョンのごとくその姿が変わり！

「ぼくだよ！　リンス！」

最後、元の、王子の姿に戻った、ピカール・バルジャン登場！

なんじゃあそりゃあああああああ!!

僕も、セレアも口あんぐりです！　超展開すぎるわ！　いやいやいやいやまてまてまてまて!!

今までのモルト男爵の三男坊の名演技、どこいった!!　最後のチョイ役で、おいしいとこ全部持っていきやがったピカール!!

……会場大ブーイングです。そりゃそうなるでしょ。バカですか？　最後、ヒロインさんとピカール、二人のイチャイチャダンスシーンですが、もう会場のブーイング、ヤジが止まりません。席を立って出ていく客多数。ピカールとヒロインさんのファンの女性客、男性客はこのシーン、嫉妬にまみれ歯噛《はが》みしながら見ています。うわあ……最悪だよ。どうすんのこれ。

劇が終わってのカーテンコール。一回だけでした。もう拍手もまばらになっちゃって、この劇は大失敗ってことになりそうです。演劇部員の演技一つ一つは素晴らしいものがあったと思うだけに残念ですなあ。醜い悪魔の姿から、魔法が解けて美しい王子に変わる。そのシーンが、たかが学生演劇の舞台ではどうしても再現できなかったための苦肉の策ってことになるのでしょうか。それにしても演出がひどすぎると思います。もうちょっとやりようがあったのでは？

セレアがいそいそと、今年も化け物役のモルト男爵三男坊に花束を持っていきました。今年はちゃんと手渡していましたね。だって他に誰も恐ろしい悪魔メイクの彼に花束を渡すような人はいませんでしたから。王子役のピカールや勇者役の演劇部部長に女子生徒、ヒロインさんのファンクラブの男どもが群がってて、悪魔に花束持っていく人なんて他にいない感じですもん。

悪魔、セレアからの花束を受け取って、嬉しそうでしたね……。それが、三年間の演劇部生活で、最後の最後まで主役を奪われ続けた、彼にとっての救いになればいいんですが……。

引き続き、例によって舞台のＢＧＭを担当していた音楽部の演奏発表会があり、その後、ミス学園と、ミスター学園の発表です。

今年のミス学園はヒロインさん。ミスター学園はピカールでした。どうでもいいので流します。

今年はベストカップル賞はなしです。僕が実行委員に言ってやめさせました。今年も僕らになっちゃったらどうすんの？　実行委員長も「そりゃそうですね」って納得していましたよ。去年のあのヒロインさんのおいてきぼり、ぼっち事件。またアレを今年もやるのは気の毒だとさすがに実行委員長も思ったようです。

二人、デモンストレーションで舞台の上でダンスしています。二人とも女性ファン、男性ファンが多いので会場微妙な雰囲気になってますなあ……。はてさて、攻略対象の男ども、特に脳筋担当はこれをどう見るか。あとでフォローできるんでしょうかヒロインさん。

もしかしてヒロインさんの攻略対象はピカールでもう決まりなのかなあ。確かヒロインさんへの好感度が一番高いキャラがミスターになるんでしたっけ。でも去年のことを考えたら、そのゲームの強制力、もう消えているような気がするし、ピカールも、もう彼女とのヒーローレース、降りたようなこと言ってたと思うけど、よりを戻したんでしょうか。

ま、ピカールだったら、たとえヒロインさんと結ばれても、卒業パーティーでセレアを断罪したりは間違ってもやらんでしょ。僕ら友達だもんね。僕もピカールにのしつけて差し上げたかったミスター学園を、今年は回避できてよかったです。

あとでめちゃめちゃドヤ顔で、「今年は僕の勝ちだったようだね！　残念だったな、シンくん！」とかピカールに言われました。どうでもいいよ。僕があれだけ毎日セレアとイチャイチャしていたら、そりゃあ僕に投票しようなんて女子いなくなるでしょ。それぐらいわかろうよ。

教室に戻ると、みんな全部売り切れて、過去最高の売り上げだったようです執事&メイド喫茶。今年が最後だもんね。僕たち三年生だから、文化祭名物が一つ減ることになります。残念ですね。

「売り上げは最高だけど原価もかかったから、儲かったとは言えませんけどね」

うん、そういうことを学ぶ場でもあるからねパトリシア。いい経験になればと思います。学生のやることだから、利益度外視でもいいさ。

さあ、今年も正面ホールで、学園祭打ち上げパーティーです。

毎年恒例になった執事、メイド服姿で、僕らも準備に参加です。生徒会主催ですから、このパーティーは。

ダンスタイム、一曲セレアと踊ったあとは、今年はモルト男爵三男坊のほうから、古式ゆかしく、正式にセレアにダンスを申し込んでいました。なんとあの悪魔のメイクのままでです！　思い切ったことやるなあ。それとも、素顔のままじゃ、勇気が出なかったのかもしれません。

セレア、笑顔で対応しております。まわりもびっくりですね。

セレアは怖い顔、平気ですからね。僕と同じでシュリーガンとの付き合い長いですから。怖い顔が平気になるコツでも、ベルさんに教えてもらったのかなあ。

嬉《うれ》しそうにダンスを受けて、悪魔と一緒に踊るセレア、素敵でしたね……。やっぱり僕の奥さんは最高です！

僕は生徒会役員の会計ちゃんことミーティス嬢や、学園祭実行委員で苦労してくれた女生徒たちと踊ります。頑張ってくれたみんなにお礼を込めて。

正面外ではキャンプファイヤーが燃やされています。赤々と燃え上がる炎に、みんな見とれていますね。これも今年から導入した新しい試みです。なんとなくみんなで輪になって、炎を取り囲んで座りました。学生生活最後の学園祭に感傷的になってしまったかもしれませんね……。

ふっと、疲れた僕が一人になった時に、ヒロインさんがそばに来ました。村娘の衣装のまんまです。

「会長、お疲れ様です」

「ああ、ありがとう。リョンパさん」

「どんどん名前が雑になってるような気がします」

「そう？」

「……負けましたよ殿下には」

そう言って僕の隣に座ります。

何が負けたんでしょうねえ。まあ知らん顔しておきます。

「私は恋をすることが許されないんです……」

「それはおかしいですね。誰が誰を好きになろうとそれは完全に自由です。好きになるだけならね」

「誰と恋をするにしても、身分が違いすぎるんですよね……」

「僕は身分違いの恋をしたことがありませんので、お役に立てませんね」

その点は正直に答えられますよ。ウソじゃないですし。

「申し訳ありませんが僕は恋愛相談には全然向いてない人間だと思いますよ。僕には恋愛経験というやつがまったくないですから」

「そんなこと言って……。セレア様といつもラブラブじゃないですか」

「だからです。僕は片想《かたおも》いしたことがない。振られたこともないし、失恋経験もありません。恋を告白したことも、告白されたことも今はちょっと記憶にありませんし、女性と二人で愛を育んだなんて経験がないんです。親が決めた結婚相手とそのまんま結婚しちゃおうって僕なんかに恋愛相談なんかしても、まともな答えができるとは思えませんね。他をお当たりください」

僕とセレア、出会ってすぐ結婚しちゃったもんね。恋愛なんてしてるヒマもなかったよ。

告白とかじゃなくて、求婚《プロポーズ》の方法とか、夫婦愛の育て方についてでしたら、何時間でも相談に乗りますよ？

「ほんと、朴念仁なんだから！」

「よく言われます」

「そんなんじゃモテませんよ？」

「僕はモテたいと思ったことが一度もありません」

「くっ、強いな――！」

ヒロインさん、苦笑いして立ち上がりました。

「……いつもいじめにあっているところを助けてくれてありがとうございました。そのことは一度ちゃんとお礼を言っておかないといけないと思いまして」

「どういたしまして」

自業自得、確信犯。犯行声明に近いですね。ヒロインさんにとって、僕ぐらい邪魔な存在もないでしょう。正面切って挑戦されたような気がします。

「一度、ちゃんと私とダンスを踊ってくださいね」

「この学園にはまだ僕とダンスを踊ったことのない女子が百人以上いますけど」

「全員と踊る気ですか！」

「うん。全ての招待客に平等に。それが王子」

「はー……。かなわないなぁ」

ヒロインさん、あきれますね。

「それじゃ、また！」

そう言い残して、ヒロインさん、ホールに戻っていきました。

僕もそろそろホールに戻るとするかな。

後片づけも手伝わないといけないし、セレアも送ってあげなくちゃ。

☆彡

学園祭が終了すると、あとは生徒参加型の学園行事はもうありません。有志が参加する学園武闘会ぐらいでしょうか。

こちらは体育委員会が主催ですから生徒会もヒマなもんです。実行委員と一緒に細かいルールの改定ぐらいです。学園外で行われている、市民学校の武闘会に準拠するようにしました。剣術部も他校との交流試合をやるようになりましたから、いつまでも貴族ルールでやってたら勝てるようになりませんて。

「お前今年は出場しないのかよ！」

「しないよ……。正体バレちゃったし、もう出られないよ僕」

ジャックに猛抗議されちゃいました。去年の武闘会はジャックを破って僕が優勝しましたから、今年剣術部のジャックが優勝したとしても、学園最強は僕のままです。そこがメチャメチャ不満なんですなあジャックは。

「お前とは一度ちゃんと決着をつけたいのにさ……」

「去年ついたでしょ」

「今年も別の扮装《ふんそう》で出ろよ」

「扮装して出た時点で全員僕だって思うってば」

去年、顔を隠してニンジャの扮装して出ましたからねえ僕。

「クソ――――！　勝ち逃げじゃねーか！」

あっはっは！　そりゃーしょうがないよジャックってば！

出場者名簿を実行委員から受け取りましたが、鞭《むち》を使ってたピカール、フルーレを使うクール担当フリード君も出場ナシです。去年かなり恥ずかしい負け方をしたってこともあるのでしょうが、なにより二人とも、優勝者に贈られるミス学園ことヒロインさんのキスに興味がなくなったようです。

降りたってのはホントだったんですね……。

逆に、生徒会室に怒鳴り込んできたのが脳筋担当、パウエルです。

「俺が出場禁止ってのはどういうことだああああああ！」

生徒会メンバーはインテリ系の集まりですから、一、二年生役員はもうビビリまくりです。

「……パウエル・ハーガン君。怒鳴るのはやめてください。ここ生徒会室ですよ？　武闘会の主催は生徒会ではありません。こちらに抗議するのは筋違いです」

「あんた俺が出られないように手を回したな！」

「なんでそう思うんです？」

「俺が出るとあんたが優勝できないからだ！」

去年僕に一撃で負けているのになんでそう思うんでしょうねえ……。

「僕は今年は出場しませんよ？」

「なに？」

「去年、君が起こした不祥事で停学中の間、職員が学園内で聞き取り調査をしました。君、自分の対戦相手に負けるように脅していたそうですね」

「な……」

「そんな卑劣な真似をするような選手は出場停止にするに決まってるじゃないですか。去年だって決勝戦で真剣を振り回すなんてことをしでかしておいてなんで出場できると思うんです？」

「今年はそんなことはしない！　すでに停学も解けたし、あんたも俺の謝罪を受け入れたじゃないか！」

「処罰は終了していますが資格剥奪は現在も続いているということです。この決定は学園長によるものです。抗議は学園長へお願いします」

「ぐっ……」

そういやコイツ猫に、三年連続で武闘会で優勝し、近衛隊に入ってピンク頭にプロポーズするのが夢だって話してましたね。残念ですねえ二年目で負けて三年目で出場停止とは。お気の毒です。

武闘会、始まりました！

一人、ヘンなのが出ています。ニンジャボーイだって！

僕が去年出場したのとそっくりなニンジャの格好して顔を隠して出場しています！　もう観客席全員が僕を見ますよ。えっ？　あれ王子じゃないよねって感じ。

僕、客席でセレアと一緒に観戦しているんだから、僕じゃないよアレ。僕より背が高くて、ニンジャだけど普通に長剣の木刀を使います。意外と強くて、いい試合しつつ決勝戦まで残りましたが、ジャックに敗れてしまいました。うーん残念でしたねえ。

負けたので頭巾《ずきん》を取ることなく、すごすごと会場を去りましたから、誰だったかってのは結局不明です。どっかで見たことあるやつな気がするんですが、誰だっけかなあ……。

ピカールもフリード君も客席にいましたので、攻略対象者ってわけじゃなさそうです。ま、学園の生徒で腕に覚えがあれば、一度ぐらい出てみたいってのはありますか……。

優勝にはミス学園からのキスがあります。優勝カップ持ってヒロインさん上がってきました。ジャック、そのミス学園さんの手を取って跪《ひざまず》き、手の甲にキスをします。あー、僕らが一年生の時に、学園の絶対女王、エレーナ・ストラーディス様にも優勝者がそうしていましたね。婚約者がいる身ではキスしてもらうってのは、やらないということですか。

ジャック、闘技場の上で手を振って客席の声援に応えております。

三年目にしてついに優勝！　おめでとうジャック！

ジャック、闘技場に駆け寄ったシルファさんを引っ張り上げて、抱きしめてキスしてぐるんぐるん回してましたよ。観客の冷やかしがすごかったです。やるなあジャック！　ヒロインさん、立場ないですけどね。

「お前も出てねーし、あれで優勝したって、正直勝った気がしねえなあ……」

「ぼやかないぼやかない。あの黒尽くめの顔を隠した男、誰だったの」

「知らんて……。まあパウエルじゃなかったな」

「あの太刀筋はなんとなく覚えがあるようなないような……」

「騎士の誰かじゃねーの？　王都騎士の太刀筋だったらあんなもんだろ」

「そんなの学園の半分だし、わかるわけないよ」

学園の生徒は半分が貴族、半分は騎士の家系の子息ですもんね……。

まあ顔を隠して出るぐらいです。隠さなきゃならない事情があるんでしょ。追及しないことにしましょうかね。

☆彡

二学期の期末試験、トップをハーティス君から取り返しました。公務も、生徒会活動も一段落着いていましたし、このタイミングで負けたら勉強不足ってことになっちゃいますもんね。

「やられましたねえ！　さすがはシン君です！」って、ハーティス君も悔しそうです。

驚きなのは三位にヒロインさんが入ってきたことです。ここでまた勉強に力を入れてきましたか。これは抜かれるわけにはいきませんね。卒業まで意地でもトップを維持したいというものです。

今年のクリスマスも、養護院でサンタをやって、その後王宮のクリスマスパーティーに出席します。結局三年連続で学園のクリスマスパーティーをすっぽかしたことになりますか。ま、しょうがないです。僕とセレアの優先順位がそうなっているってだけですから。

今年の王宮のクリスマスパーティーで、国王陛下による『名誉功労章』の授与、スパルーツさんでした！　二年ぶり、二回目です。ペニシリンの発見、製造法の確立とその治療実績に対してです。

「二回目だな、おめでとう」

国王陛下がスパルーツさんの胸に勲章をつけてあげます。がっちがちに緊張ですよスパルーツさん。

「前にやったのはどうした？」

「え？」

「こういうパーティーとかでは、普通、もらった勲章はつけてくるもんだが？」

国王主催のパーティーとかでは、授与された勲章は全部つけてくるのが普通です。っていうか勲章ってそのためにつけるようなものですから。

「しっ、知りませんでした！　失礼しました！」

ボケボケですねえスパルーツさん。まあ、そういうところが学者さんらしいって言えばらしいです。

「名誉功労章を二回受けたのは君が初めてだ。次からは二個並べて胸につけてパーティーに出るんだぞ」

ニヤッと笑った陛下に肩を叩《たた》かれ、手を取られて握手しました。出席していたみんなが笑いながら拍手してくれてました。よかったですね……。

ジェーンさんも嬉しそうでした。まだお腹《なか》が大きくなったりはしていません。避妊術の研究、続行中ですか。早く子供作って幸せになってほしいです。

表彰が終わってから、セレアと今年最後のダンスを踊りました。学生生活最後にふさわしい、華麗なダンスをお披露目できましたよ。会場の視線独り占めでした！

ムーンウォークをすると、会場「おおお――――！」ってどよめきます。どういうステップなのか未《いま》だに謎で、マネできる人がいないんです。僕らだけの秘密兵器ですね。

「殿下も、来年はいよいよ卒業ですね！」

いつもお世話になっている御前会議の大臣たちともあいさつします。

「山のように仕事が待っていますぞ？　覚悟していただきます」

「期待しておりますからな！」

「ひゃあああ！」

責任重大ですねえ。セレア、そんなふうに笑ってられないよ僕。


冬休みの間、新年も無事に迎えることができ、短い三学期が始まります。

これが終われば、僕たちはもう卒業です。あっという間でしたねえ……。

「結局三年間、一度も学園のクリスマスパーティーに出てくれないんですもんね。僕たち準備にあんなに忙しかったのに！　シン君、会長なのに冷たいです」

新学期が始まってから、ハーティス君他、生徒会メンバーに文句言われます。

「ゴメンゴメン。王子って、どうしても王宮行事が優先しちゃうよ。生徒会長が王子って間だけだから、しょうがないと思ってよ」

「今年もトラブルがあって大変だったんですからね？」

ハーティス君が情けない顔になります。学園主催のクリスマスパーティーでトラブルですか……。

「なにがあったの？」

「例のピンク頭さんが、ドレスにワインをかけられたのなんだので一年女子と揉《も》めてまして」

「一年生ともかい……」

「パウエル君が騒ぎ出して会場騒然となりましたよ」

ほんとどうしようもないなあの脳筋野郎。退学にしちゃおうかな。

「で、どうなったの?」

「レン君が出てきて、パウエル君をぶん殴ったんですよ」

「レンが?」

レンは僕の弟です。第二王子。一年生で今年入学してきました。

「パウエル君一発で昏倒《こんとう》して、運ばれていきました。女子にキャーキャー言われて、一年女子の間で大人気ですよレン君」

「へえー……」

レンがねえ……。

「僕は暴力は嫌いですけど、あんなふうにいざって時女性を守れるのは、やっぱりうらやましいと思います」

ハーティス君はそんなこと言いますけど、いったいなにがどうなったらそういう展開になるわけ?

会計ちゃんこと一年女子のミーティス・プレイン嬢は、「パーティー会場であんな野蛮な騒ぎ、いいかげんにしてほしかったです!」ってぷんすかですよ。

「レンって一年生の間で人気あるの?」

「知りません！」

んー、なんで怒るの？

レン、評価が割れているのかもしれませんねえ。そういうのは穏便に済ませられるように、注意しておいたほうがいいのかもしれません。

「さ、最後の仕事！　生徒総会の準備するよ！　会計、まとめなくっちゃ！」

僕の代ですから、もちろん明朗会計です。大して苦労もなくまとめることができ、三学期の終わりに、生徒総会を無事に終了することができました。

後継の生徒会長には、二年で書記をやってくれていたカイン・エルプス君を指名しました。伯爵家次男です。会場の拍手で無事に承認されました。

副会長は、会計ちゃんこと、一年会計のミーティス・プレイン嬢が務めます。伯爵令嬢です。

カイン君とミーティスちゃん、意外と仲いいんですよ。これはもしかしたらもしかするかもしれませんね。めでたいです！

フローラ学園では、伝統的に生徒会長というのは名誉職で、一番爵位の高い方がやっていらっしゃいました。絶対女王、エレーナ・ストラーディス公爵令嬢が優雅に生徒会室でお茶を楽しんでいて、顧問教師に仕事を丸投げしていたのはそのせいです。王族である僕に生徒会長を譲ったのも、それもあったのでしょう。

その悪しき伝統を、僕の代で名誉職から、爵位に関係なく実務職に転換させたことになります。

貴族社会ではいつまでも老害が幅を利かせて伝統というものはなかなか崩すことができません。でも、学園では三年経《た》ったら、人が全部入れ替わりますから、「伝統だから」なんてことにこだわる必要はないんですよね。新しい世代による新しい生徒会、実現できたと思います。

父上が提唱した、『この門をくぐる者は全ての身分を捨てよ』という教え、姉上のサラン殿下が目指した、「貴族の鼻持ちならない選民意識とか、特権階級の横暴とか許しちゃだめ」っていう学園、約束通り、実現させることができたと思います。大変でしたし、抵抗も多く苦労もしましたけど、僕もこれで胸を張って卒業することができますね！

姉上との、最後の約束が残っています。

「シン、セレアちゃんを守るのよ。どんなことがあっても悲しませないで。約束して」

……悪役令嬢が断罪され、追放される卒業式が、もう目前に迫っています。

なにがあっても大丈夫。そのための準備はしてきました。

さあ、来るなら来い！

7章 断罪は突然に

全ての学園行事が終了しました。ついに卒業式です。

「いよいよ今日ですね……」

「うん……」

セレアと二人、並んで学園に向かって歩くのも、今日が最後です。毎日毎日、二人乗りの馬車をシュバルツに御者をさせ、セレアの住むコレット家王都別邸に迎えに行き、そこから二人で歩いて登校していました。感慨深いです。

「よお！」

登校路の途中にある学生寮前で、ジャックとシルファさんが待っていました。

「おはよ」

「おはようございます」

シルファさんともあいさつします。

「さ、行くか！」

いつものように、ジャックが声かけてくれます。

「お前らと友達付き合いも、今日が最後かあ。明日からは、もう殿下だもんな」

「そうなっちゃうよねえ。でも、だからこそ、僕には学園の毎日が、一日、一日、貴重だったよ」

おかしな会話ですけど、事実ですからしょうがないです。

「ま、固いこと抜きで頼むわ」

「そうそう、プライベートの時は、今まで通りでいいんだからさ。シルファさんもそれでお願いするよ」

「はい！」

明日にはジャックとシルファさんも自分の領地に帰ります。領主である親と共に領地経営に就くことが決まっています。

「で、ジャックとシルファさん、結婚式はいつごろやるの？」

「夏までにはやりたいな。ま、親父《おやじ》の都合もあるだろうけど」

照れるわけでもなくごまかそうとすることもなく、当たり前みたいにジャックが返事します。シルファさんはたちまち真っ赤になりますが。

「うわあ！　ぜひ、式には呼んでくださいね！」

セレアは大喜びです。

「あ、あの、全然決まっていませんからね？　そんな話まだ誰もしてないですからね？」

シルファさん、大あわてですねえ。

「王子そんなに簡単に呼べるほど偉くねえよ俺は……」

「お忍びで行くからさ」

「それも大問題だっつーの」

「夏休みの避暑には毎年呼んでくれたじゃない」

「もう子供じゃねえんだよ俺たちは……」

みんなで楽しく遊んだ子供時代が思い出されます。ずいぶん長い付き合いになりましたね……。

こんな話ができるのも、今日が最後かなあって感じで、名残惜しいです。


制服の上にローブを羽織り、ハットをかぶって入場し、学園長の話のあと、一人一人、卒業証書を授与されます。

「シン・ミッドランド」

「はい」

僕の番になり、立ち上がって進み、壇に立ちます。

「卒業おめでとう。それと、今年度卒業生の首席である証《あかし》としてフローラ賞を与え、ここに表彰する」

会場がうわーって、盛り上がります。三年間、ほとんどずーっとトップでしたもんね僕。卒業証書と、盾をもらいます。

「シン、スピーチ！」

「王子様――――！　スピーチ！」

「スピーチ！　スピーチ！」

口笛が鳴って、声が上がり、会場から拍手されます。学園長を見ると、頷《うなず》いて、手を会場に向けてくれます。ここでスピーチかあ。

「みなさんありがとうございます。卒業生のみなさんは、僕が学園に来て、初めてこの講壇に立った時、なんて言ったか覚えているでしょうか」

拍手が鳴りやんで、会場が静かになります。

「『この門をくぐる者は全ての身分を捨てよ』。この学園の門に書かれた、国王陛下のお言葉です。口で言うのはやさしい、でも実行するには多くの困難がありました」

会場を見回します。一緒に苦労してきた学園の仲間たちの顔があります。

「学園に在籍している、ただ三年間だけです。長い人生の中で、たったの三年間。毎日があっという間に過ぎ、もう三年が経《た》ってしまいました。たったそれだけの間だけ、身分を忘れ、全ての学生のみなさんと対等に友になること。最初は、自分で言っていて、とても実現できることとは思っていませんでしたね」

ちょっとくすくす、笑い声なんかが起きています。

「でも、みなさんはそれを受け入れてくれました。僕を助けてくれた人、僕を友と認めてくれた人、僕に文句を言う人に、ケンカを売ってくるやつまで」

会場、笑いに包まれます。

「いろんな人が僕と距離をあけずに、歩み寄ってきてくれました。僕が生涯、手に入れることができないんじゃないかと思っていた、友人。身分に関係ない、本当の友達。僕がこの学園で、本当に楽しい学生生活を送ることができたのは、みんなのおかげです。僕と友達になってくれた、この学園の卒業生全員に、お礼を申し上げたい。僕と友達になってくれて、ありがとう！」

会場、ものすごい拍手と歓声に包まれました。

いやあ、嬉《うれ》しいねえ！

講壇、駆け下りて、手を振って、席に座ります。次の卒業生の卒業証書授受に、みんなと一緒に拍手します。

講堂の外に出ると、みんな、アレやるためにうずうずして待っていました。

「シーン！　かけ声、やってくれよ！」

クラスの男子から声、かけられます。

「よーし！　じゃ、みんな、いくよ！」

「おお―――――！」って、卒業生のみんなから返事が来ます。

「さん、にっ、いち、飛べ!!」

「わ————！」

卒業生全員が一斉に投げ上げた帽子が、青空に舞います。

みんなで肩を叩《たた》き合い、抱き合い、握手し、互いの卒業を祝います。

自分の婚約者や、恋人とキスしてるカップルも。

僕が投げた帽子が女生徒の間で取り合いになってますよ。破れちゃうって！

セレアももみくちゃにされそうになって逃げ回っています。あっはっは。

校舎を見上げます。三年間、短かったけど、僕の青春が確かにここにあったんだと今なら思えます。ちゃんと卒業できて、本当によかった。

☆彡

積もる話もないわけじゃないですが、それは卒業パーティーでやればいいです。伝統的に、卒業パーティーは学園の保護者会が主催。今年は王族がいましたので、一段と豪華なものになるでしょう。学園のフロアをほとんど全部使い切ってやることになります。生徒会の仕事じゃないんですよね。学生は手を出さないことになっていますから。僕はタキシード、セレアはドレスに着替えて出席です。卒業生は全員で、在校生は任意参加となります。午後六時から。

一度コレット邸に戻り、着替えました。セレアは、濃い紺のドレスに白い飾りのシンプルなドレス。いつもの通りです。華美な装いが嫌いなんですセレアは。でもそこに素の美しさがあると僕は思います。スカートの裾が少しだけ、今の流行よりは短くて、足首まで見えるのがセレア流ってところでしょうか。ダンスステップに自信がないとこれはできませんよ？

「綺麗《きれい》だよ、セレア。僕の自慢の奥さん」

「ありがとうございます。シン様も素敵です。私の自慢の旦那様！」

「さ、いこうか」

「はい」

セレアの手を取って、コレット邸正門に向かいます。メイドさんや使用人さんたちが並んで拍手して見送ってくれますね。そのまま、今日は王宮から寄こさせた王室の馬車に乗り込みます。

「やあ、シュバルツ、三年間ご苦労様。今日が最後だね」

「はい、三年間、何事もなくてほんとヒマでしたよまったく」

学生生活三年間、僕の護衛を陰で務めてくれたシュバルツが馬車の扉を開けてくれます。今日も御者をしてくれて、学園のパーティー会場まで送ってくれます。セレアの手を取って、先に馬車に乗ってもらいます。

「えーと、セレアが会場に入るとすぐに断罪イベントが始まるんだっけ？」

「……ゲームだったら、ですけど」

「もうゲームと全然違う展開だよ。なんにも心配ないよ」

「そうですね……。ゲームだったら、どのルートでも、シン様はパーティーのエスコートで私を迎えに来てはくれません。今こうして、私と一緒にパーティーに行ってくれるってだけで、私、安心できます」

でも、震えているんですよ、セレアの手。その手をそっと握ります。

だいじょうぶ、だいじょうぶ。絶対に大丈夫だから。僕が守るから。

セレアの肩を抱いて、馬車に揺られます。

学園前、卒業生の馬車で混雑していました。みんなスクール乗合馬車《オムニバス》に慣れちゃってたから、ひさびさの馬車列に混乱しています。僕らの順番はだいぶあとになっちゃいそう。

「降りようか！」

「そうですね！」

なにもみんなが集まっている中、断罪されに最後に入場することもないんです。さっさと馬車を降り、セレアの手を取って歩道に立たせます。

僕らが二人、歩道を並んで歩いてるのを見て馬車のみんながびっくりです。あわてて馬車から降りて、僕たちと一緒に歩き出す卒業生も多数。

「シン、こんな時でも歩きかい！」

「シン君、卒業パーティーに歩道を歩いてって……前代未聞だよソレ」

「王子なんだからさあ、卒業の時ぐらい、らしくしてくれよ！」

「ゴメンゴメン、なんか歩くほうが早そうだと思ったら我慢できなくてさ」

僕がそう言うと、周りのみんなも笑います。

「実は俺もさ！」

「私も――――！」

みんなと歩道を一緒に歩くなんて経験も、今日が最後ですか。これもいい思い出になるのかもしれません。

今日だけいる門の衛兵、ぞろぞろと歩いてくる生徒の一団にビックリしていました！

「ちょっとちょっと、馬車で来てもらわないと、身元の確認ができませんて！」

衛兵があわてます。そういや馬車の紋章で見分けているんでしたっけ。

「みんな僕のクラスメイトさ。間違いないよ」

「あ、殿下！　って殿下まで!?」

ま、そういうことで、遠慮なく校門をくぐります。

正門の扉が開かれていて、そのままホールまでみんなと一緒に入場します。

自然に拍手が起きますね。僕も、セレアの手を取って、入場です！

「ほうら、なんにも起きない！」

「はい！」

セレアと二人、会場に頭を下げ、セレアはスカートをつまんで足を引いて淑女らしく、あいさつし、片手を広げて次の入場者に道を譲って会場に下がります。

続いて入場してきたクラスメイトも、拍手の中、頭を下げてエスコートしてきたパートナーと共に紳士淑女の礼を取り、次の入場者に道を開け……。

そして、卒業パーティーが始まりました！


会場の紳士、淑女と歓談しつつ、会場をチェックします。

……ハーティス君は、文芸部のみんなと一緒にいますね。カッコいいスーツ着ています。初めて会った時はちっちゃくてかわいいハーティス君でしたが、今は少しだけ背も伸びて、髪も短くし、ずいぶんと男らしくなりました。

クール担当、意外にもクラスの連中と笑いながら話しています。クールぶるのはやめましたか。元々悪いやつではないんです。普通に話せば、普通に付き合えるやつなんですね。

逆に目立っているのが女の子に囲まれてもみくちゃにされているピカールです。あいかわらずだなあ。断るってことを少しは覚えたほうがいいよ。

ジャックはシルファさんと一緒に、故郷で近隣の領の生徒たちと話し込んでいます。卒業後の相談でしょうか。彼らは卒業してからが本番ですから、今のうちに打ち合わせておかないといけないことがたくさんあります。学園で、身分関係なしで付き合えるようになったメリットの一つでしょうか、なにをやるにも風通しがいいと、どんな共同事業もはかどるというものです。

ヒロインさんと、脳筋担当がいないんですよ……。ピンク頭と、背の高いパウエルは目立つし、いればわかるはずなんですけど。

「リンスさんと、パウエルさんがいませんね……」

セレアも気がついたようで、そっと僕にささやきます。

「うん、なにかあるかもしれない」


「兄上！」

びっくりしました。弟のレン。第二王子が、いきなり僕に声をかけます。

ずんずんこっちに向かって歩いてきます。

レン、僕よりちょっと背が高くなって、そりゃあもういい男になりましたよ。ガタイもいいですしね、一年生の女子の間ではもう大人気なんです。僕より素敵な王子様って感じでね。

そのレンが、憤怒の形相でこっち向かってくるんですから、何事かと思います。驚くことに、そのレンに、パウエルがつき従っています。こちらも鬼の形相です。

「リンス嬢が、階段から突き落とされてケガをした！」

会場がざわっとします。

「……リンスって？」

条件反射で出ちゃいました。しまった。これはさすがにまずかったかな？

「とぼけるな！　三年生の、あの、ピンクブロンドの、学園の姫、リンス・ブローバー嬢だ！　兄上が知らないわけがないだろ！」

会場ざわざわと僕らを中心に少し離れて円ができましたよ。セレアが僕の腕を抱きしめて震えます。

学園の姫ってなんだよ……。いつの間にそんな通り名ついてんの？

「突き落とされた……？　って、どこから？」

「演劇部の部室前の階段からだ！」

「なんでそんなところにいたの？」

「パーティーに出席するためにそこで着替えを」

「そう、ケガの具合は？　大ケガしたのかい？」

「いや、足首を……って、そんなことはどうでもいい！」

後ろでパウエルが怒鳴ります。そして、会場の目を集めたレンが言います。

「兄上とセレア嬢によるリンス嬢への数々のいじめ、もう許さんぞ！」

ええええええええ――――！

なんでそんなことになるの？　どういう展開？

「（か……隠しキャラ……）」

ごめん、ちょっとなに言ってんのかわかんないセレア。

会場騒然です。みんなざわざわと僕らを取り囲んで、驚愕《きょうがく》の顔ですね。

「兄上は入学時から、リンス嬢に数々の嫌がらせを続けてきた。そこのセレア嬢と共に図ってな！　そのことはもう明白だ！」

「僕がなにしたって？」

「聞いているぞ。リンスの背中に悪口を貼りつけた。教科書を破き、水をかけ、彼女の名前も憶《おぼ》えないふりをして、常にリンス嬢を孤立させ、エスカレートする彼女への嫌がらせを放置した！」

まったく覚えがありませんね。

「水をかけたのは一回や二回ではない！　机に汚い落書きをしたこともある。クリスマスパーティーのドレスや、ダンスの練習着を破ったこともあるだろう！　彼女を無視し、さらし者にしたことも数知れず、そのような卑劣な行いの数々、それが王たる者にふさわしい行いか！　それを増長させて手を貸したセレア嬢も同罪だ。俺は兄上に王太子たる資格なしと認め、王位継承権の放棄を要求する！」

第二王子が第一王子に廃嫡を要求するとはねえ……すごい展開だな。

後ろでパウエルがレンと一緒にドヤ顔です。あー、そういうことか。僕に王子でいられると、君、近衛隊に入ることもできませんもんね。第二王子を立てる一派になって、僕を追い出そうってことですか。それでレンに協力をと。はい、了解です。

「えーと、他に言うことは？」

「な、なに？」

「レン、この際だから言いたいことは全部言っちゃって。かまわないよ」

「だから、この場で、継承権を放棄すると宣言してもらおう」

なるほどね。君に僕の王位継承権を剥奪する権限なんてあるわけないですけど、僕が自分で放棄すると宣言する分にはアリでしょう。

「断る」

「なにを……認めないのか？」

「そんなの認めるわけがないでしょう。さっきのいじめの話だけど、なにか証拠があるの？」

「数々の証言を得ている」

「誰から？」

「一年の女子からだ！」

「一年の女子はここ一年ぐらいのことしか知らないと思うけど？」

「兄上たちがずっとリンスをいじめていたことは有名だ」

「僕、初耳なんだけど、それって、証拠がなくて、証言だけなんだよね」

「……そうだ。信用に値する確実な証言だ」

証言だけかい。

「その、いじめられていた当事者のリンス嬢もそう言ったの？」

「彼女は言わない。言えるわけがない。王子にいじめられているなんて、彼女の口から直接言えるわけがないだろう！」

「なのに君はどうしてそう思うの？」

「彼女の涙を見ればわかる！」

超能力者かお前は。

「どうして僕がリンス嬢をいじめなくちゃいけないの？　理由は？」

「学園で王子の権威を高めるためだ」

すごい説きました。そんな理由よく考え出したなおい！

「……なんで僕がそんなことをしなきゃいけないの？」

「兄上は学園でバカにされている。誰も殿下と呼ぶ者もなく、敬称をつけて呼ばれることもない。学園で王族たる者の権威を落としている！　だから学園でいじめを受けている者を助けて見せるふりをして、自らの権威を上げようとした。違うか！」

ものすごい誤解ですね。

「それは僕が自ら望んだことだよ。みんなには王子とか、殿下とか呼ぶのはやめて、学園にいる間ぐらいはシンって呼んで、普通に友達付き合いしてくれって僕からお願いしていたんだけど、知らなかった？」

「そんな話、リンス嬢からも聞いていないぞ！」

「一番たくさんそう言い聞かせたのがリンスさんなんですけど……」

これは会場から少し笑いがもれました。

「リンス嬢がいじめられていた時に、いつも現場にいたのが兄上とセレア嬢だ。まるでそれが起こるのを知っていたみたいに現場にいて、恩着せがましくみんなの前で助けるふりをした。そんなことを三年間ずーっとやっていただろう！　覚えがないとは言わせないぞ！」

「ちょっとまった」

ピカール、出てきました。今日は回らないみたいです。

「ぼくはそんな話、信じないね」

「不敬だぞ貴様。これは王族の問題だ。学生ごときが口を出すな！」

「ちっちっち、レンくん、ここは学園だよ？　『この門をくぐる者は全ての身分を捨てよ』。入学する時、読まなかったのかい？　もしかしてきみ、裏口入学？」

「誰だ、名乗れ」

「ピエール・バルジャン伯爵が一子、ピカールと申します。以後、お見知りおきを」

そう言って優雅に礼をします。さすがだよピカール。

「覚えておくぞ、あとで不敬罪で罰してやる」

「ご存分に。さて、リンスくんがいじめられた時、シンくんがその場にいたのは当然ですよ。なにしろぼくがそのたびに、シンくんに相談をしに呼びにいっていたのですからね」

「なに……？」

「彼女が教科書を破られた時、教科書を貸してくれとシンくんに頼みに行ったのはぼくです。彼女が水をかけられた時に、着替えを用意できないか、シンくんに相談に行ったのもぼくです。彼女の机が落書きで汚された時も、シンくんに見てもらったのはぼくです」

「なんだと……？」

「だから、彼女がいじめられていた時に、常にシンくんがいたのは、ぼくがシンくんに善処のお願いをしたからなんですよ。シンくんがその場にいたのは当たり前なのです」

「お前もいじめに加担していたのか！」

ピカール、舞台みたいに、大げさに嘆いて、首を横に振りますね。

「ぼくが？　とんでもない。僕は全てのレディの味方です。そんな天使たちをいじめるなんてぼくにはできない。断固否定させていただきますよ。それはこの場にいるレディなら誰もが疑うわけがない」

「そうよ――――！」

「ピカール様がそんなことをするわけがないわ！」

「言いがかりはやめてよ――――！」

ピカールのファンの子たちが声援を上げます。それ、僕の時にもやってほしかった……。

レンがピカールをにらみますね。

「……伯爵風情が許可なく王子に物申すとは大罪を覚悟せよ」

「ご存分にと申し上げました」

「リンスは男爵の令嬢だ。しかも平民の生まれだ。そのことをいいことに貴様らで標的にしたんだろう！」

それ、お前が一番失礼だろ……。

「そんなこと、私は信じません！」

シルファさんがゆっさゆっさと迫力満点の胸を張って出てきましたよ。いやいや、君まで巻き込むわけにはいかないよ！　手で制しましたが、止まりませんね。まず淑女の礼を取ってから、顔を上げてレンをにらみます。

「ブラーゼス男爵が一女、シルファです。シン君が身分で差別するなど」

「誰が発言を許した！」

「あり得ません！　私は男爵が一女ですが、十二歳のころよりセレアさんともシン君とも、ご友人としてそれはもう親しくしていただきました。シン君やセレアさんが私の身分に触れたことなど一度もございません！　それは言わせていただきます！」

会場、うわあ――――！　ぱちぱちぱちぱちって大拍手です。

「男爵子女風情《ふぜい》がその証言、誰が信じると思う？　出すぎた口は閉じよ！　貴女も後の処罰を覚悟せよ」

「ご存分に」

ジャックも前に出てきて、シルファさんをかばいますね。

「お前なあ、男爵の娘のリンスの言うことは信じて、同じ男爵の娘のシルファの言うことは信じないって、そりゃなしだろ。おんなじに扱えよ！」

「おま……。お前って、それが王子たる者に対する口の利き方か！」

「あ、悪い、ワイルズ子爵が一子、ジャックシュリート・ワイルズだ、覚えとけ」

「貴様……」

そうして出てきたジャックが、いきなり、僕の頭をスパーンと平手で叩きます。

「いてっ！　なにすんのジャック！　時と場所を考えてよ！」

この様子に僕のクラスのみんなが爆笑します。

「ほらな、子爵の俺がぶん殴ったって、シンは別に怒らねえよ。友達だからな」

「いや今のは痛かったたって」

「シンが王子として尊敬を集めるためにそんな小芝居して、あんな女いじめてたなんて俺は信じないね。コイツが王子として威張ってるとこなんか俺は学園じゃ見たことねえよ。シンぐらいになるとな、威張らなくたって周りが勝手に尊敬してくれんだよ。お前みたいに王子でございって威張る必要なんかねえんだ。わかったか？」

ジャックの啖呵《たんか》に会場から一斉に拍手が起こります。

「貴様も爵位を剥奪してやる」

「ご存分に、ニンジャボーイの王子様」

武闘会に出ていた、あの頭巾《ずきん》被ったニンジャボーイってお前かい！　そんなにヒロインさんのキス欲しかったんかいレン！

いまさらながら、ジャックがレンに礼を取ります。もう遅いよ……。

「僕も信じません」

ハーティス君出てきました。君もかい……。

「ヨフネス・ケプラー伯爵が三男、ハーティス・ケプラーです。僕はシン君やセレアさんが、養護院の運営に力を尽くしていたのを知っています。週末になって休みには、慰問のために養護院を訪問しては、手作りの紙芝居を披露したり、遊んであげていたりしていましたよ。僕たち文芸部員も協力しました。養護院の子供にですよ？　この国で最も身分の低い、平民にさえ蔑まれる身寄りのない子供たちにさえ、シンにーちゃん、セレアねーちゃんと慕われているのです。断言しますよ。この国の貴族で、一番身分差別をしないのがこのシン君とセレアさんです。男爵令嬢を差別していじめて喜ぶなど、あり得ない。僕は信じません」

レンが悔しそうに震えますね。

「そんなのは偽善だ！　いいかっこしているだけだ！　お前も不敬罪を覚悟せよ！」

「さっきから不敬罪不敬罪って、君は不敬罪の条文を読んだことがあるんですか？」

「なに……？」

「不敬罪の条文には、『王侯貴族に対して虚偽《きょぎ》の流布を行ったものを罰する』とあります。どんなに都合が悪いことであろうとも、虚偽でなく、真実であればその発言は罪にはならないのです。不敬罪の裁判が最後に行われたのはもう二十五年も前の話で、その時は被告の告発が真実であったと認められ無罪になっています。不敬罪は貴族の横暴、不正から市民を守り、その告発を保護するための法でもあるんですよ。好き勝手に人を罰せると思っているなら大間違いです」

「王子の俺が不敬だと言っているのだぞ！」

「なによりこの学園では不敬罪は適用されない。身分差がないからです。それは国王陛下自らが門に示していらっしゃいます。『この門をくぐる者は全ての身分を捨てよ』。不敬罪を連発することは尊敬されていないということを自ら認めるようなもので、むしろ貴族にとって恥なのですよ。やりたかったらご存分に」

さすがハーティス君。法にも精通していますね。僕を諌《いさ》めるような優秀なスタッフになってくれると思います。国政に欲しいですね。でも、天文学者になりたいんだったっけ。惜しいなあ……。

ハーティス君も紳士らしく、優雅に礼をして、にこやかに笑ってその場を下がります。

……みんな、ありがとう。

「私も信じませんな」

……びっくりしました。教育大臣出てきました。あなた来賓でしょう？

「私は殿下が幼少のころより……、わずか十歳かそこらですぞ？　そんな時から、養護院を訪れては子供たちの面倒を見る殿下、セレア様を見ております。驚愕しましたぞ。赤子を抱いてあやし、ミルクを飲ませ、幼児には匙《さじ》で粥《かゆ》を食べさせてやる。風呂にさえ一緒に入り、子供たちの体を洗ってやる。一国の王子が、その王子の婚約者たる公爵令嬢がです。それを見て殿下が差別意識を持って男爵令嬢をいじめたなどと、信じるわけにはいきませんな」

いつ見たんです。セレアのお風呂覗《のぞ》いたりしてませんよね大臣？　更迭《こうてつ》しちゃいますよ？

「私も信じませんな」

学園長、出てきました。

「学園でシン殿下が気に入らない者がいるのなら、私に言えばよいのです。すぐに退学させますぞ。わざわざいじめたり嫌がらせをして学園から追い出す必要なんてまったくありませんな。あー、レン君」

「な……なんだ？」

学園長、手にメモと万年筆を持って、レンに迫ります。

「その、シン殿下にいじめられていたと言うご令嬢はどなたですかな？」

「うっ……」

「どなたですかな？　名をどうぞ」

「な……」

「レン殿下に虚偽の申告をして誤解を与え、王家たる者を侮辱し、今まさにシン殿下の王位継承権を剥奪することに加担した、その不届き者の女生徒の名前を教えていただけませんかな？　直ちに卒業証書を取り消して差し上げましょう。はて、リン……、なんといいましたかな？」

「学園長、それはさすがに……」

まずいことになりそうなんで、僕がそれは止めます。

「最初からの話だと、彼女、自分でそう言ったわけじゃないみたいです。レンが勝手に勘違いしているようですし、この場は穏便に」

「そうですかな。ではそのように。あー、君は？」

学園長、メモと万年筆を持って今度はパウエル君に向きます。

「あ、いや、俺は……」

「君はなんというのですかな？」

「俺は、その、関係なくて」

ジャックがゲラゲラ笑いますね。

「いまさらそれはないだろう！　近衛騎士隊長が長男、パウエル・ハーガン！」

「おまっ！」

「パウエル・ハーガン君ですな。武闘会で真剣を振り回し退学処分になりそうになったところを、殿下にお許しをもらってかろうじて停学で済んだにもかかわらず、殿下に逆恨みですかな？　今まさに自分の都合のために、殿下が王位に就くことを公然と妨害工作しているパウエル君。追って沙汰《さた》しますぞ。では」

全部知ってるじゃないですか学園長！　さっきのとぼけっぷりはなんなんです？

学園長、さらさらとメモしています。

「学園長」

「なんですかな殿下」

「それは勘弁してあげてください……」

「そうですか。ではそのように」

みんなにくすくす笑われて、学園長が下がります。

「こ……この、バカ息子があああああ!!」

うわあ近衛騎士隊長乱入してきました！

ものすごい形相で走ってきていきなりパウエルの顎にパンチします！

「ぐへぇえ！」

パウエル、吹っ飛びました！

「なにをやっておるお前は！」

上にのしかかって、パウエルの顔をガンガン殴りつけております！

「た、隊長！　隊長！　おやめください！」

衛兵が集まってきて隊長を止めます！

「……隊長！　やりすぎです！　卒業パーティーですよ!?　乱暴はやめてください！」

僕が止めると、暴れるのをやめましたね隊長。

「殿下！　こ、このたびは！　不肖の息子が重ね重ね失礼を！」

僕に頭を床に擦りつけて土下座します。

「それはいいです。とにかくこの場はおさめてください」

「処罰はあとでどのようにでもご存分に！」

「それもいいですから、もう帰ってください！」

「はい！　めでたいパーティーの場、お騒がせして申し訳ありません！」

まるで死体のようになったパウエルの襟首を引きずって会場から出ていきます。

あの……。血の跡が床に……。うわあ……。

メイドさんが来てモップで拭きながらそのあとを追いかけます。なんなんです。

唯一の味方がいなくなって、レン、真っ青です。

「シン殿下を廃嫡など、とんでもない。そんなことをしたらこの国においてどれだけの損失になるか計り知れません。私も断固認めませんね」

厚生大臣です。なんでここにいるの？　たかが学生の卒業式に？

「シン殿下はその先見性において何者にも代えがたい人物です。この国の医学の発展に大きく貢献してくれています。セレア様と共に御前会議で、これまで何度も、アルコール消毒の有効性、血清治療、あの天然痘の予防接種に新薬のペニシリンまで、その有効性を見出し、国策で支援するよう提言してくれたのです。十一歳の時からずっとですぞ？　天然痘の予防接種に至っては、そこのセレア様と共に、臨床試験にまで参加していただいて、その安全性を自らの体で保証してくださいました。全てそれ、等しく全国民のためにですぞ。まこと王たる者にふさわしい資質の持ち主と感謝しております」

「私も信じませんね。なんでしたら徹底的に調査しましょう。レン殿下、そのように申し上げた一年生女子、名前を教えていただけませんかな。全員拘束して吐かせますぞ？」

法務大臣、吐かせるって……吐かせるってそれはちょっと。

「いや法務大臣、それはやめてください。これ学園内の、たわいのない噂《うわさ》にすぎませんから」

あわてて止めます。あなたが出てくるとほんとシャレになりませんて。

「や、やめろ！　貴様俺を疑うのか？」

レンも止めます。

「なぜです？　レン殿下のおっしゃることは全て伝聞です。疑う以前にまったく証拠にもなりません。レン殿下の言う通りなのだとしたら、それを調査し真偽を問うのになにも不都合ございませんでしょう？　事は王位継承権に関わる一大事、法務大臣として徹底調査させて虚偽の証言をしたものは厳罰にいたしますが？」

「必要ない！」

「では一切の証拠なしということで、よろしいのでございますな？」

「う……」

「よろしいのですな？」

レン、表情が凍ります。

「レン様ぁぁぁあああああ！」

かっつん、かっつん、かっつん。

ドレス着て松葉杖《まつばつえ》を突きながら、ヒロインさん来ました！　まだ続くのこの茶番！

「リンス！」

「レン様、ああ、間に合ってよかったです！」

「足はもういいのかい、大丈夫だったかい!?」

「はい、なんとか。捻挫《ねんざ》だけで済みました」

「手も足も、包帯を巻いているじゃないか！」

「これぐらい、大丈夫です！　卒業パーティーに出るためだったら！」

そう言って、よろめいて、レンの胸に飛び込みます。それを抱きしめるレン。そういうことですか。

会場の一同から「あーあーあー……」ってため息漏れます。

「私を、私を突き飛ばした犯人、わかりました？」

涙ながらにレンを見上げるヒロインさん。

「リンス……いや、それは……」

「少なくともこの会場にはいないだろう。みんな外から馬車や歩きでここに来ているんだからな。そいつを突き落としてるヒマがあったやつなんていうわけない。どうせ自分で勝手に転んだところをお前に見つかったんで、とっさに突き飛ばされたことにでもしたんだろ」

あ、忘れてた。君まだ出番なかったねクール担当。

「フリード・ブラックだ。親は侯爵だがまあそれは置いておけ。リンスをいじめていたやつだが、調べはついてる」

「なんだと？」

王子にタメ口の男の登場に、レンが目をむきますね。

「お前のファンだよ、レン殿下。二年までいじめをやってたのはまあ学園の誰かだが、それはもういい。俺たちでリンスをかばった結果、いじめはなくなったからな。だが、三年になって、一年にお前が入学してきたと同時にいじめが再発した。なんでだと思う？」

「……なにを言ってる」

「そのリンスがお前に近づいて、チョッカイ出して、いい仲になったから一年の女子どもが嫉妬してリンスに嫌がらせしてたんだよ。しかもそれを全部、シンやセレア嬢がやったなんて噂を立ててな。ま、お前のファンがどうせならお前に王位を継いでもらいたいってヒイキもあったんだろうが」

「なんだと!?」

「お前、姉上のサラン殿下が大好きなシスコンだそうじゃないか。年上の女にめっぽうチョロいんだってな。一年女子、みんな頭に来てたぞ。ガキの時はセレア嬢のことも大好きだったそうじゃないか。大好きなセレアねーちゃん、シンに取られて泣きべそか？　だからだろ」

「な……な……」

レン、真っ赤になります。お前そういう趣味してたの？　いきなり性癖をばらされて二の句が継げないようです。なるほどねえ。

ヒロインさん、僕がまったくよろめかない。他の攻略対象ともイベントをことごとく阻止されて、攻略対象の好感度も上げられない。そこで、僕の弟のレンに目をつけて、年上の魅力でこっそり攻略して、僕を廃嫡させてレンを王太子にし、ゆくゆくは王妃になろうって寸法ですか。そりゃあひどいや。

「なんでそんなことがわかる！」

「ミレーヌ！」

フリード君が声を上げると、会場に来ていた女子がずんずんと怖い顔で歩み寄ってきます。そして、いきなり、レンの顔をパーンと勢いよく平手打ちしました！

ひえええええええ！

今、レンの顔をひっぱたいた一年女子、レンの婚約者のミレーヌ・ビストリウス公爵令嬢です！

「最初から全部見ていましたわレン様」

「ミ、ミレーヌ……」

「以前からわたくしをずーっとないがしろにしてきたこと、我慢を重ねておりましたが、今度という今度はもう我慢がなりません！　こんなくだらないことでわたくしが敬愛するシン殿下を廃嫡なさろうなどと恥をさらすのもいいかげんになさいませ！」

「……えっと、どういうこと？　フリード君」

「お前の弟、このクソ王子の婚約者のミレーヌはな、俺の妹なんだよ！」

「えええええええ！」

そんなのぜんっぜん知らなかったよ！

「知らないのも無理はないがな。ガキのころ、三男坊だった俺はビストリウス公爵家から、男子のいなかったブラック侯爵家に養子に入ったんだ。だから血のつながった俺の妹なんだよミレーヌは」

「そうだったんだ……」

ただクールってだけじゃなくて、いつも偉そうだったのは本当だったら公爵家だったからなんですね。多少ひねくれて育ったのもそのせいだったのかもしれませんねえ。

「事情はミレーヌから全部聞いた。よーく事情を知っていたよミレーヌは。当たり前だよなこのクソ王子の婚約者なんだから。今日だってコイツがミレーヌのエスコートを断ってリンスを連れていくって言い渡したから、俺がミレーヌを連れてきた。それがミレーヌにとってどれほど屈辱かお前だってわかるだろう」

もうフリード君がレンとヒロインさんを見る目がゴミでも見るようですわ。三年生になって急にフリード君がヒロインさんに冷めたのも、そのせいでしたか。ヒロインさんをいじめているのは誰かを調べれば、どうしたってそこに行きつきますもんね。

「ミレーヌはな、年上好きでシスコンなコイツがさんざん浮気して遊んで回っていても我慢してたよ。いつか婚約破棄してやるって言ってな」

「あー、わかった！　フリード君、ずーっと僕のこと嫌ってたよね。そのせいか！」

「当たり前だ！　ミレーヌがこのバカ王子と結婚したら、俺とお前は義兄弟、親戚ってことになるんだからな。面白いわけないだろう！」

「……その場合、どっちが兄になるの？」

「慣例だとお前が俺の兄になる」

「そりゃあ面白くないわ……」

衝撃の事実です。

「ま……、まさかリンスをいじめていたのはミレーヌ、お前か！」

「そんなことするわけありませんわ。私はもう殿下をお慕いする心などカケラも持ち合わせておりませんし、せいぜい不義を働いて婚約解消の口実にできればよいと思っておりました。私がリンス嬢に嫉妬したり、殿下との仲をお邪魔するなどあり得ませんわ」

「……そういうことだ、レン殿下。お前はとっくに見放されているんだよ。さあ言ってやれミレーヌ」

ミレーヌ嬢が一歩下がります。兄譲りの実にクールな、まさにゴミを見る目です。

「殿下、今までの不誠実、度重なる私への不義、それを理由にここに婚約破棄を申し上げさせていただきますわ。どうぞお受けくださいますよう」

うわあ、弟のレンに、公爵令嬢ミレーヌさんからの婚約破棄宣言です。収拾つくんですかこれ。

「……認めよう」

ざっと場が開きます。全員、頭を垂れて、跪《ひざまず》いて礼を取ります。

国王陛下がこんな場ところにねえ……。役者がそろいすぎでしょうに。

「父上……」

レン、もう真っ青です。ヒロインさんも大物の登場に、ガクガクしていますね。

「ミレーヌ嬢。不肖の息子が苦労をかけた。国王としてではなく、一人の親として詫《わ》びを申す。申し訳なかった」

「もったいないです国王陛下」

ミレーヌ嬢が最上位の礼を取ります。

「余の子、レンとの婚約破棄の件、確かに承《うけたまわ》った。後にビストリウス公爵家にも謝罪をしよう。公爵殿にそう申し伝えてくれ」

「ち、父上！　それは誤解です！」

「不義の証拠の女を抱きしめながらなにを言っておる。お前には失望したぞ」

「あ……」

レンが抱きしめていた手を放すと、ヒロインさん、その場に崩れ落ちました。

「さて、シン」

「はい」

「この不祥事、どう裁く？　学園内のことゆえ、お前に任すが」

全員の目が僕に向きます。

「好きにしてよろしいのですね？」

「そうだ」

ニヤニヤと、例によって僕を試す目ですね、国王陛下。

「そういうことでしたら……」

僕は懐中時計を、ポケットから取り出します。

「今から時間を十五分戻します」

「はあ？」

会場のみんながぽかーんとします。意味がわからないって感じですね。

「この国の法では、暦《こよみ》は国王陛下の発布です。陛下に権限の委譲を今、いただきましたので、僕の名の元に行使させていただきます」

「どういうこと？」

ジャックが不審げに聞いてきます。

「だから、この会場で騒ぎが始まる前に戻すってこと」

そう言って、懐中時計のリューズを引っ張って、針を戻し、みんなに見せます。

「今から十五分前までの間に起こったことを全て不問にします。その上で、まだ抗議がある方は今の茶番をもう一度最初からやってください。五つ数えます。その間にどうするか決めてください。では数えます。ひとつ」

「な……」

「ふたつ」

レンがもう立っていられなくてその場に崩れ落ちますね。

「みっつ」

ヒロインさんがレンにしがみつきますが、それをレンが払いのけます。

「よっつ」

「ち、父上……」

レンが国王陛下を見上げていますが、陛下、そっぽを向いています。

「いつつ。では始めてください」

すたすたと、レンの婚約者のミレーヌ嬢が、レンの前に歩み寄って、淑女の礼を取って、頭を下げます。

「レン様。わたくしからレン様に、婚約破棄を申し上げたく思います。どうぞご了解ください」

「認めよう」

くっくっくって笑って、呆然《ぼうぜん》としているレンの代わりに、国王陛下がそれを承認しました。

ぱあん！　僕は手を打って、みんなに言います。

「みなさん、お騒がせしました！　ではパーティーを続けましょう！」

わ――――！　って会場から歓声と拍手が上がります。

みんな、レンとヒロインさんから離れて、それぞれの歓談に戻ります。

レン、青い顔のまま、立ち上がってすたすたと小走りで会場から出ていきます。

残されたヒロインさん、もうなにがどうなっているのかわからない様子ですが、とりあえず一人で身を起こして、レンを追いかけようとします。

「れ、レン様ぁあああああ――――！」

「リンスさん！」

学園に入学して、初めてヒロインさんの名前を呼びました。今まで封印していましたけどね。もう大丈夫でしょうし。

ピンク頭、びっくりして僕に振り返ります。

「……忘れ物だよ」

松葉杖を指さします。ヒロインさん、あわてて松葉杖を拾い、それを突きながら会場から出ていってしまいました。卒業生一同、爆笑です。

どうなっちゃうんでしょうねえ、これ。もうどうでもいいですけど。

「甘いな、シン」

そう言って陛下が笑います。

「だっていくら学園の中のこととはいえ、みんな不敬発言の連発でしたからね。あとで遺恨の元になりかねませんから、なかったことにするしかないですって！」

今回の関係者を処罰するとなると、僕をひっぱたいたジャックやレンをひっぱたいたミレーヌ嬢が外せなくなります。味方になってくれた人だけ不問にするわけにもいかないでしょ。

周りのみんな、今は友達の攻略対象のメンバー、それに大臣たち全員が、笑いました。大笑いです。

「殿下、これだけの騒ぎでの寛大なる処分、感服いたしましたぞ」

法務大臣も笑っていますね。だって僕にしてみればただの兄弟喧嘩なわけですし。

「いやあ、かわいい女の子の前で、ちょっといいカッコしたくなる。男の子だったら誰でもそうでしょう。若気の至りです。罰するほどのことじゃございませんて」

みんな、図星を突かれてバツが悪そうに笑います。国王陛下もです。

「……確かに。あの時、あの場に今の自分がいたら、あの時の自分、ぶん殴ってでもやめさせていたわって失敗がいくらもあるわ」

陛下の話を聞いて教育大臣が思い出したように言います。

「ミント嬢のことですかな」

「それは言うな！」

国王陛下が怒ります。ま、そのあと大笑いになるんですけど。

「学生である間だけ、身分を忘れて恋をする。そんなことあってもいいでしょう。卒業して、公私の区別がつけられればいいんです。それができるのが貴族なはず。この程度のことでいちいち人の人生、潰してしまう必要なんてないんです。みんなここに来るまで、十七年もかかっているんですから」

「まこと、王たる者の器です」

教育大臣の言葉に、ありがたく頭を下げます。

「しかし、みなさんなんでここに……。たかが学生の卒業式に」

「ここにおる者は、みんな殿下とセレア様の卒業を祝いに来たのだ。君たちの卒業をずっと待っておったのだよ。卒業後も、我らに力を貸していただけるよう、今後もご活躍いただけるように全員、お願いに来たのだよ！」

そうだったんですか……。嬉しいですね。僕らが必死に働いてきたこと、なに一つ無駄じゃなかったんです。こうして多くの人の応援をいただいているんですから。

「……みなさん、本当に今日はありがとうございました。こんなことに口添えまでしていただいて」

「なに、良い余興でしたぞ」

大臣たちがそろって笑ってくれます。

「父上」

「ん？」

「今回、父上が一番寛大でした。よくこの騒ぎ見逃していただけましたね。ありがとうございます」

「余からの卒業祝いと思えばよい」

父上がテーブルのグラスに三つ、ワインを注ぎ入れて、一つを僕に、もう一つをセレアに渡してくれます。

「よき友人に恵まれたな。余が門に『この門をくぐる者は全ての身分を捨てよ』と書かせたのは、まさにお前に今日のような友人を作ってもらいたかったからに他ならぬ。相手がお前であろうと、第二王子であろうとも、恐れることなく正義を諫言《かんげん》できる者、お前にこそ必要な友人たちだ。卒業、おめでとう。シン、セレア」

チンッ、チンッてグラスを打ち鳴らして、それを飲み干すと、会場の出口に向かって歩いていきます。

「ありがとうございました」

渡されたグラスを持ったまま、セレアと一緒に、出口に消える陛下に頭を下げました。会場の全員が、退席される陛下に礼を取ります。やっぱりすごいなあ。父上は……。

「ピカール、助かったよ」

ピカール、ニコっと笑いますね。

「当然だろう。きみはライバルである以前に、ぼくの友人だ。なにより共に貶《おとし》められているのがぼくの最も敬愛するレディ、セレア嬢となればなおさらだよ」

「シルファさん、ジャックも」

「いやいや、あんな茶番笑うところがなかったからよ、さっさと退場してもらおうと思って」

あいかわらずですジャック。

「シルファさん、勇気が要ったでしょう。怖い思いをさせてごめんなさい」

セレアがシルファさんに頭を下げます。

「怖いことなんてなにもありませんわ。だっていつも殿下にお守りいただいていたのは、わたくしも同じですから」

「ハーティス君も。やっぱり僕のブレーンに欲しいよ」

「なんだか余計なことしたような気がします。シン君、どうせ返り討ちにする方法なんてあの場で十通りはあったでしょ？」

「まあね」

「でもアレは俺らだって、見てるだけじゃ気が済まんって。一口乗らせてもらわないとな！」

ジャックがそう言うとみんな笑います。

「……君が味方になってくれたのは意外だったよ」

クール担当フリード君、ちっとも面白くなさそうです。

「カン違いするな。俺は妹であるミレーヌの味方をしただけだ。前からあのクソ王子に婚約解消を言い出すタイミングを見計らっていただけさ」

「バッチリ調べは付いていたじゃない。さすがだよ」

「王子を断罪するんだからな、それぐらいはやるさ」

握手してもらおうと、笑って手を差し伸べます。無視して行っちゃいました。ありゃりゃ。やっぱりクール担当、めんどくさいや。


音楽が変わって、ダンスタイムです。セレアに、正式の型で、ダンスの申し込みをします。

やっと笑顔が戻ったセレアの手を取って、ホールの中央に進みます。

二人で、しっとりと踊ります。今までで、一番、優雅で、気品あふれる、美しいダンス。とっておきを披露します。会場から、ため息が漏れます。

「……まさか隠しキャラがレン様だったなんて……」

「隠しキャラって？」

「特定の条件をクリアしないと現れない攻略対象なんです。私、知りませんでした」

「考えてみればアイツも王子だった。すっかり頭から抜けていたよ」

「私たちから見たら、いつまでたっても小さいころの弟のままですもんね」

「いつの間にかあいつも大人になってたってことかあ……。もっとちゃんと話し合うべきだった。そうしていればこんなことにはならなかったかも。僕も反省だよ」

「私も事前に知っていたら……。看護師のお姉さん、教えてくれなかったんです。『私あのキャラ大嫌い！　甘えん坊で威張りん坊でシスコンで』って言って……」

うわー。なんか評価がさんざんで気の毒ですレン。

「なんでもゲームで考えるのはもうやめようよ。今日で終わりでいいじゃない」

「はい！　そうですね！」

一曲目が終わり、満場の拍手の中、二人で会場に礼をします。

「さあセレアくん！　今日こそはぼくと踊っていただきますよ！　ぼくはこの時をずっと待っていたんだから！」

ピカールが申し込んできたダンスを、セレアがにっこり笑って受けます。

「シルファさん、ずーっと友達でいてくれてありがとう！」

「私こそ、殿下！」

ニカっと笑うジャックから、シルファさんを譲ってもらいます。シルファさんとこうして一緒に踊るのはひさしぶりですが、すんごいですね。大迫力です。僕の体にふにゃっと押しつけられる胸の存在感のすごいことすごいこと。

ピカール、セレアと一緒に、『美女と悪魔』の最後のダンス、再現してみせて観客から喝さいを浴びてました。さすがだよ。

次、セレアからハーティス君に。セレアと一緒に踊るハーティス君、嬉しそうでしたね！　セレアより背が低いんですけど、踊ってる姿もかわいいです。

「ミレーヌさん、いまさら僕が申し込むのはどうかと思うんだけど……」

「いいえ、光栄ですわ、殿下」

たった今、レンと婚約破棄したばかりのクール担当の妹、ミレーヌさんと踊ります。

「弟がいろいろゴメン」

「殿下のことをお兄様と呼べなくなるのだけが心残りですわ」

「僕も残念だよ」

「殿下、私に乗り換えません？」

「フリード君がもうそれは許してくれなさそうだしね……。ほら、今も僕のこと殺しそうだよ」

壁の花を決め込んでめちゃめちゃ怖い顔して僕のことをにらんでますよ、クール担当。いつものクールっぷりが台無しです。

「お兄様が今まで殿下に働いた失礼を考えれば、お釣りが来ますわ？」

「かまわないさ。僕は彼のこともずっと友人だと思ってたよ」

「そう言ったら、お兄様がどんな顔をなさるやら、今から楽しみです」

「会計ちゃん！」

「会計ちゃんはやめてくださいってば！」

一年間、生徒会で会計を務めてくれたミーティス・プレイン嬢と踊ります。

「君、知ってたよね！　絶対知ってたよね！　一年生だもんね！　レンと同じクラスだもんね！」

「ええ、ええ。もちろんです。レン君ってなにかっていうと王子風吹かせてクラスで威張ってたり、ミレーヌさんをないがしろにして三年のピンク頭に簡単に篭絡《ろうらく》されたりして、一年女子の間でも嫌われてましたよ！　取り巻きの女の子たちはいましたけど、私はあんなのゴメンです！」

「いやそこまで言わなくても……。僕に教えてくれればよかったのに」

「教えないほうが面白いことになると思って。あんなの勝手に自滅すると思ったし」

「ヒドイ……」

「これで少しはおとなしくなるでしょ。知ったこっちゃありませんて」

「僕からもお詫びするよ」

「最後に一つだけお願いしていいですか？」

「なんでもどうぞ！」

「抱きしめてください！」

小柄でちっちゃい会計ちゃんを、ぎゅっと抱きしめて持ち上げ、ぐるんぐるんと回します。

ひゅーひゅーって会場からひやかされ、ジャックと踊っているセレアにちょっとにらまれます。二年の書記のカイン君はあわあわあわですけど。がんばれ、君は卒業まであと一年あるから。

ラストダンス、もう一度、セレアと。

「……みんなが助けてくれて、本当にうれしかったです」

「十歳の時から僕たちがずっと頑張ってきたのを、みんな見てくれていたのさ。僕たちが頑張ったこと、なに一つ、無駄じゃなかった」

「はい！」

「これは無駄になっちゃったけどね」

内ポケットから、ちらっと封筒を出します。

「なんですそれ？」

「……僕と君の十歳の時の結婚証明書。教会に発行してもらったんだ。これがあれば僕と君はもうとっくに結婚していて、誰も僕らを別れさせることができないって、証明できた」

「……無駄じゃなかったです。きっとそれが、十歳のときから、私たちのことをずっと守ってくれていたんです」

「そうかもしれない」

「私はそう信じます。ありがとうございます、シン様。私と結婚してくれて」

「ありがとう、セレア。僕と結婚してくれて」

セレアが涙ぐみます。

曲は終わってないけど、二人、ダンスをやめて、僕はそのまま、セレアを抱きしめました。

セレアも、僕に抱き着いてくれます。

十歳で婚約した王子様と公爵令嬢。その後、二人仲良く幸せになりましたとさ。

振り返ってみれば、普通の、なにも変わったことのない、当たり前な物語だったよね……。

ホールの真ん中で、みんなが踊る中、ただ、二人で抱き合う僕ら。

その姿を、パーティー会場のみんなが、見ぬふりをしてほうっておいてくれました……。

☆彡

パーティーが終わり、卒業と同時に公務再開です。

僕、国立学院に通う傍ら、御前会議に毎回出席ですよ。もう立つ側じゃなくて、座る側です。国政を陛下や大臣たちに一から叩き込まれることになります。卒業しても勉強勉強、一生勉強は続くんですね。

セレアの前世知識、まだまだネタがあります。今は「点滴」ってやつを学院の人と一緒に再現しようとしています。高熱や下痢などの病気での激しい脱水症状に有効なんだそうです。

セレア、入院している間、毎日これ受けてたんだって。生理食塩水は０・９％なんだって。ごめんちょっと意味がわからないよ。

スパルーツさん、セレアからヒントをもらって、今、狂犬病の予防、治療に取り組んでいます。これも実現できたら画期的ですよ？　感染したら死亡率100％の難病です。治った人はいないんですから。ウィルスの弱毒化さえできればなんとかなるんだそうです。やっぱり僕にはさっぱりですが、きっとスパルーツさんならセレアの言う「ワクチン」の開発もきっと実現してくれるでしょう。

ジェーンさんもついにおめでてたで、幸せそうでした。

「バッチリです！」

ドヤ顔のスパルーツさんになにがバッチリだったのかあとでよく聞かせてもらおうと思います。

ジャックはシルファさんと領地に戻り、領地経営を始めました。近隣の領とも合同で牧場をさらに広げるとか。クール担当フリード君の領とも案外近いそうで、声をかけていますがなかなか色よい返事がもらえないそうで。

僕から言ってもねえ……。アイツ群れるのが嫌いそうですし、損な性格してますなあ。

ピカールはあいかわらずです。社交界で淑女のみなさんのあこがれの的ですね。パーティーで浮名を流しているようです。そろそろ落ち着こうよ。

ハーティス君は学院に進学し、お父さんの天文学の研究を手伝っています。好きな研究ができるのが一番いいですよね。でも、「困ったことがあったら相談してください」とは確約をもらいましたんでね、逃がしませんよ？

脳筋担当、勘当されちゃったんだってさ。あとは知りません。どうでもいいや。

ヒロインさん、王室の御不興を招いたということでブローバー男爵家から縁を切られてしまいました。

国王陛下の発布で、「今の店舗の競争は行きすぎておる。深夜の風紀も乱れる原因となっておる。コンビニは既存の商店を廃業に追い込み、民から上手に金を吸い上げているだけだ。今まで罰則のないザル法だったが、今後は営業時間に罰則を設けて規制する」ということで、コンビニ終了のお知らせです。

シェイクスピオのグローブ座から声をかけられているそうで、そのうち舞台で彼女の姿を見ることができるかもしれません。美人ですし、演技もなかなかでしたし、女優としては成功するかもしれませんね。

第二王子、弟のレンにはお咎《とが》めは別になしです。全校生徒の前であれだけの恥をかきながらも、学園に通い続けなければならないってのがもう十分な罰でしょう。反省してもらって、学園での友人関係も全部一からやり直してもらえばいいと思っていたんですけど、どこから聞いたのか知りませんが隣国ハルファに嫁いだサラン姉様が激怒して乗り込んできまして……。ハルファの使節団の団長を、王太子の代理という名目で役目をぶんどって無理やり帰国してきまして、再会を祝う間もなくレンを「鍛え直しよ！」と引きずっていきました。まあレンはハルファへの留学ということになるんでしょうか……。

僕とセレアは毎日ラブラブで幸せですよ。なんにも言うことありませんて。

週末にはまたお忍びで教会に行って、セレアと一緒に女神ラナテス様に祈りを捧《ささ》げ、懺悔《ざんげ》の代わりに女神像に経過報告もやっています。僕たちの声が届いているかどうかなんて知りませんが、本当にラナテス様には感謝しかありません。ありがとうございました。

「……シン様は、どうして私に、こんなにまでしてくださったのですか？　おかしな子で、あんなふうに言われたら、別の人を婚約者に選ぶのが一番無難だったでしょうに……。そのことが今でも不思議です」

いまさらなんですけど、セレアがそんなことを僕に聞くんですよ。

「うーん、初めて会った時のこと覚えてる？」

「……ごめんなさい」

「僕の顔を見るなり悲鳴を上げて倒れたんだよ」

「……そうかがっています。あの時は本当に失礼を……」

「あんなふうに悲鳴を上げて倒れられて、あとで『婚約の件はお断りいたします』なんて言われて引き下がったら、カッコ悪すぎるって。意地にもなるよ」

「そんな理由だったんですか！」

「それだけじゃないんだけどね」

「？」

「泣いている女の子を、泣いたままにさせておくなんて、やっぱり男としてやったらだめだと思ったし」

「……なんだか理由聞いて、がっかりしました」

セレアがぷんってしちゃいます。あーあーあー、言わないほうがよかったかな。

「私はシン様が、いつ『真実の愛を見つけた』なんて言い出すか気が気じゃありませんでした」

「なんだその『真実の愛』って……」

「王子様が私を捨ててヒロインさんに寝返る時の決めゼリフなんです」

「真実の愛だったら、十歳の時に見つけたよ……。セレアも、ずっと変わらずいてくれて、ありがとう」

「嬉しいです……」

そう言って笑うセレアの素肌に触れ、僕はもう一度、優しくベッドに押し倒してキスしました。

え、いつの間に？　何歳からって？

そんなの絶対ナイショだよ！

【書籍版　書き下ろし】

ヒロインの憂鬱

「あ――――！　なんで⁉　どーして全然思い通りにならないの！」

学生寮の一室でクロに文句を言うリンス。

「全然ゲームと違うじゃない！」

男爵の養女になったリンスは男爵邸に住むこともなく、すぐに入学と同時に学園の寮に地方の子息女たちと一緒に入ることになったので、貴族の礼儀作法などざっと一通り習ってすぐに、学園生活が始まってしまっていたのであった。

学園生活、それなりに楽しんではいたのだが、肝心の王子様がまったく自分に興味を持ってくれなくて、そこがリンスには不思議だった。

「だから言っただろうリンス……。本来ゲームが始まるのは二年目から、一年目はまだゲームが始まってもいないんだから、無理にイベントを進めてもおかしなことになっちゃうかもしれないって忠告したはずだよ？」

学生寮の窓から忍び込んだ黒猫のクロが、ベッドで丸まってうるさいなあという顔をしてリンスを見上げる。

「まず王子様が全然私の名前も覚えてくれないしい」

「うん」

「悪役令嬢もいつも王子とラブラブで、私にいやがらせなんてしてくる気配も全然ないしぃ！」

「うん……ってそんなことになってんの？」

「ツンデレ君は私にまったく興味ないし、あの牛女といつも一緒だし！」

「……牛女って誰？」

さすがにクロが起き上がって目を開ける。

「ツンデレ君の婚約者！　こーんなに胸がおっきいの」

自分の胸の前で手をわきわきさせるリンスに、「……そうだったっけ？」と驚くクロ。

「担任の先生もあのイケメン学者さんと全然違うおじいさんだし！　インテリ眼鏡君は私のこと、迷惑そうにするし！」

「……リンス、それ一年目から期待してもだめだよ。二年目になって本来君が学園に転入してくるまでゲームが始まってもいないんだと思うよそれ」

「そうかなあ……」

「そうだよ……」

「でもね、脳筋とおバカさんとクールさんとはそこそこ仲良くなれたんだよ？」

「へー……」

「嫌がらせイベントだってちゃんと起きてるんだから！」

「本当かいそれ！　それって悪役令嬢が起こしてる？」

「違うと思う……」

だったらそれ、単に君がクラスメイトに嫌われてるだけなんじゃあ……。とは、さすがにクロは言えなかった。

なにかが変わっているのか？　ゲームの想定とは違うことが起こっている？

あのゲームはあらゆる未来の展開を想定してルートが分岐するようにできている。それは完璧な未来予測プログラムに従ってゲーム理論で作られた画期的なシミュレーションゲームなはずだ。そうそう外れることはないはずなのである。まだまだ研究が必要かなあと、クロはあくびして、昼寝に戻った。

「聞いてよお！　クロ！　今日だってねえ！」

「はいはい……」

☆彡

二年目も終盤になっているのに、さっぱり進まない王子攻略に業を煮やしたリンスは、クロに、「攻略対象をみーんな調べてきて！」ってお願いした。二年の大きなイベント、学園祭が近づいていたのだった。

「ゲームのクロちゃんは聞けばちゃんと教えてくれたじゃない。好感度とか、傷心度とか」

「リンス、それ僕に一度も聞いたことなかったじゃない……。顔見ればわかるとか言って」

「だからよ！　クロだっておかしいって言ってたよね。自分でも調べてみたいと思わない？」

「はいはい……」

数日後、げっそりして帰ってきたクロは、来るなりリンスの学生寮のベッドにバタッと寝ころんだ。

「リンス、だめだった。あの王子はもうあきらめたほうがいいね」

「えええええ！」

リンスはクロをつかみ上げてぶんぶん振る。

「どういうことよ！」

「やめてやめてやめて！　いくら僕でも壊れる！　壊れるから！」

「なにかあったの？」

『ピンク頭に言っとけ。僕には通用しないってな』

王子の衝撃的なセリフが思い出される。なんで王子が僕の正体を知っているんだ？　ゲームのことを知っているのかと、クロは驚いた。

ここまでのリンスの話を聞いて不思議だとは思っていた。王子はゲームイベントをことごとく回避し、フラグをへし折り、あらゆるトラブルをたちまち解決してしまう。いくらなんでも王子が優秀すぎる。それはまるでゲームイベントがあるのをあらかじめ予測していたかのごとくであった。

王子がゲームのストーリーを知っている？　まさか、あり得ないことだった。じゃあリンスがしゃべったのか？　それがクロには謎だった。

「リンスはゲームのことを誰かに話した？」

「話すわけないよ。だいたいそんなの誰が信じてくれるっていうの」

そりゃそうである。だとしても、これはもう見込みがなさそうだ……。

「あの王子は無理だよ……。なにもかもがもうゲームと違う展開になってる。他の攻略者に集中したほうがいいと思うな、僕は」

「もう私、プリンセスになれないってこと？」

「……悪いけど」

「ふん、まだあきらめないんだから。もう一つ可能性があるもん」

「……それって、隠しキャラのこと？」

「そう。あんな私に全然なびかないカタブツ王子、もうどうでもいい。悪役令嬢よりもずっと私にイジワルだし、もう好きでもなんでもないんだから。王子だったらもう一人学園に入学してくるし、だったらそっちのほうがマシ！」

「リンス……。それはすごく成功率が低いと思うよ？　リンスだってまだゲームで一回しか成功したことないじゃないか」

「できる！　私にならできるんだから！　絶対に失敗しない！」

ゲームと現実は違……って、それは僕が言っていいことじゃないか。

クロはそう思って、最後の一年ぐらい、リンスの好きにさせてやろうとあきらめた。

☆彡

「きみ！　そこのきみ！　一年生くん！」

「はあ？」

三年生に進級したリンスは、その日、木によじ登って枝にしがみついていた。

たまたま通りかかった、一年生にしては背が高い超絶イケメン少年が木を見上げる。

「た、助けて、ね、猫！」

「猫だあ？」

「木から降りられなくなってる子猫がいるの！　助けられない？」

「だからってお前も木に登って降りられなくなってどうする」

「お願いだから！」

「……ってそいつ子猫か？　デカくないか？」

誰に似たのかこの妙にツッコミ気質の、大柄ながらまだあどけなさの残る真新しい制服に身を包んだ、一年生の校章をつけた少年。シン王子の弟、隠しキャラの第二王子、レン・ミッドランドその人であった。

登校初日、王宮の馬車に乗って正門に乗りつけたレンは、入学式が始まる前からたちまち一年女子生徒に取り囲まれてしまい、それにうんざりして入学式をすっぽかし、一人で校庭を適当にふらふら散策していたのである。

この少年が「小猫がデカい」と思ったのも無理はない。今リンスが木にしがみついて助けようとしている猫はクロなのだ。

全キャラの好感度を一定レベルまで上げるということが三年生になってもまだできていないリンスは、イベントフラグを満たしていないので、本来この第二王子レンとの出会いイベントは発生しない。なので、リンスはその子猫の役を相棒のクロに頼み込んだのである。

当然クロはそんな役は嫌がったが、リンスに「全部あんたのせいなんだから責任とって！」と言われてしぶしぶ引き受けたのだった。

木の枝にしがみつくリンスとクロを見て、仕方ないと肩をすくめたレンは、腰に帯刀した剣を抜刀し、上に向かって軽く振ってから納刀した。

リンスが助けようとしていたクロは急に足場をなくし、「みぎゃっ！」っと悲鳴を上げながら枝と一緒に落ちてくる。レンはそのクロを受け止めた。

「いてて、ひっかくな！」

いきなり剣で枝を切り落とすという雑で乱暴な降ろし方をされたクロは全身でレンに抗議し、その手から逃げ出して走り去った。

「ち、ちょ、一年生くん。いくらなんでもそれは……」

目の前を剣の刃先が通り抜けたのだから、さすがに木の上でビックリしたリンスもこれに抗議した。

「一年生くんって……、お前俺が誰だか知らんのか？」

かつてされたことのない同年代の女からの不敬発言に第二王子のレンは眉をひそめる。

「そんなの知らないよお！」

どこの田舎者だ、この俺を知らんとは……、と、レンはあきれたが、そう思いながらも、なぜかその口元には笑みが浮かんだ。

こんなこと、あったなと思う。幼少のころ、王宮の庭に子猫が迷い込んだ時、姉のサランが追い回して、こんなふうに木の枝にまで追い詰めたことがある。木を登って枝の先までにじり寄るサランに子猫は全身の毛を逆立てていた。もちろんサランは猫をかわいがりたかったのであり、いじめるつもりなどまったくなかったのであるが、結果的に猫をいじめているようなものだった。

「あ、あ、きゃー！」

そうしているうちに木から降りようとしていたリンスが枝の上でバランスを崩し、落ちてくる！

レンはその小柄で華奢《きゃしゃ》な体を難なくお姫様抱っこで受け止めた。

「ふん、大丈夫か？」

その偉そうな物言いもどこか、強がりなテレがある。

「あ、ありがとう一年生くん。でも、恥ずかしいから降ろして！」

「これはこれは、失礼した」

やや顔を赤らめつつも、レンはリンスを降ろしてくれた。

「一年生くん！　助けてくれたことにはお礼を言うわ。でもね、学園内は帯剣禁止！」と顔を真っ赤にしてリンスは抗議する。

「……そうなのか？　王侯貴族の男子は帯剣の義務があるのが普通だが？」

「ダメダメダメ！　いつの時代の話よ！　今は校則で禁止なの！　それで停学になった生徒だっているんだからね！」

「腑《ふぬ》抜けた学園になったもんだな」

「えー、いつも学園に剣なんか持ってる男子がいっぱいいるってほうが怖いよ！」

リンスはぷんぷんと怒るのだが、そのしぐさがかわいくて、こいつ、上級生なんだよな……？　と、レンは笑いたくなった。こんなふうに年上の少女に怒られたのは何年ぶりか。なんだか少女時代の姉、サランが思い出された。

自分が八歳の時に隣国に輿入《こしい》れし、それ以来一度も会えていない姉。

おてんばでやんちゃで、でも自分を一番にかわいがってくれた、子供の自分から見てもいつもかわいかった、もう人の妻になってしまった姉……。

「……でも、助けてくれてありがとう。あの猫ちゃんも無事だったみたいだし、きみのおかげ！じゃ、私、入学式の後片づけを手伝うことになってるから、またね！」

「あ、おい……」

そうレンが呼び止める間もなく、リンスは走り去ってしまった。

まあいい、同じ学園だ。今後顔を見る機会はいくらでもある。

「ふっおもしろいヤツだ。しばらく俺の正体は隠しておいてやるとするか……」とレンは少し皮肉っぽく笑った。

王太子であるシンと違って、レンは幼少のころよりちやほやされて甘やかされていた結果、超俺様のいばりん坊になっていた。そのくせ内心では優秀すぎる兄にコンプレックスを抱えていて、虚勢を張ることで劣等感をごまかしている。いつも尊大な態度の自分に同世代で対等に付き合える人間はいなかったのだが、そうなると今度は逆に身分を気にしない友人がほしくなる。

勝手な話であるが、自分のことを知らないらしいあの上級生の少女は退屈しのぎにちょうどいいんじゃないかと思ってしまう。

「俺が王子だとばらしたあとが楽しみだ。ふっ」

驚く彼女、必死にそれまでの無礼を詫《わ》び、怯《おび》える彼女。それを寛大に許してやり、今まで通りでいいと言えば喜んで自分に従う彼女。そんなことを今から想像して口元がにやけてしまうレンであったが、そのあと、リンスがクロを抱きしめ、「やったあ！　大成功！」と言って校庭の片隅でぐるぐる回っていたことは知る由もない。

それからはなにもかもがトントン拍子。レンはリンスの言うことやること、みんな面白がってくれた。演劇部だからと勉強にオペラをねだれば、貴賓席を取ってくれて二人で観に行った。

一年女子たちによる嫌がらせイベントも発生した。取り囲まれて「王子様にちょっかい出さないで！」「平民のくせに！」「レン様には婚約者がいらっしゃるのよ！」と詰め寄られ、なんのことかわからないふりをすれば、そこへレンが現れて、王子という権力を存分に振りかざして女子たちを追い払ってくれた。

「ふっ、バレてしまったか」と自分が王子だとリンスに告げるレンに、ゲームの選択肢通りに大いに驚いてみせ、恐縮してみせ、涙ながらに今までの無礼を詫びれば、「気にするな、今まで通りでいい。ただ、もう『一年生くん』はやめてもらおうかな。俺はレンだ」とこれまたカッコよくささやいてくれるのだった。

あまりにもゲーム通りの展開、ゲーム通りのセリフ回しに、リンスは隠しルート攻略に自信を持って挑み続けた。

「でも、なーんか、やっぱり難しいよね第二王子」

学生寮で、リンスはベッドをゴロゴロしながらクロに問いかける。

クロは不機嫌に「隠しキャラだからね、難易度高いさ」と言う。

たとえばおバカ担当だったら、一緒に楽しんでやればいい。美しい物を愛《め》で、楽しいことはとことことんノってやり、どんな迷言にも一言一句に喜んでみせてツッコミはなしだ。一緒に先生に怒られるのもアリである。実にわかりやすい。

脳筋担当はおだてておだてて驚いて尊敬してなんでもすがりついて頼りにするとイチコロだ。脳筋は守りがいのある可憐《かれん》なレディが理想である。大した権力もなく頭も悪いので、できないことを頼むと、とたんにへこむのでそこだけは注意。

わかりやすいのは学者先生もそうで、「夢をあきらめないで」と励まして励まして、おろそかになりがちな日常生活にまで面倒を見てやって、時々、研究のヒントになりそうなことをぽろっと教えてやれば、もう女神様扱いである。ただ、そのリンスのクラスで担任をしているはずの学者先生はなぜか今になっても登場しない。職員室にさえその姿がないのだから不思議である。

インテリ君は勉強ができないとダメなのでそれなりに苦労がある。対等で知性的な会話が必要な一方で、見た目の通り夢見がちでロマンチストなところもある。頭が固く、清楚《せいそ》で知的なレディが理想なので、ふざけた対応は一切受け付けない真面目人間だということを忘れずに。

クール担当はクールぶっていても内心はただのコミュ障なだけだから、構って構って構い倒す。あとはいじめられてこっそり泣いていれば勝手に味方になってくれる。案外チョロいがイベント発生条件が難しい。悪役令嬢にいじめられるぐらい、他のキャラの攻略もある程度進めなければいけないのがネックとなる。

ツンデレ君は貴族臭いのが大嫌い。町娘がごとく遠慮のないおてんば娘を演じていれば面白いヤツだと認識してくれる。意外とスケベなので、実はラッキースケベなイベントをどれぐらい起こせるかがキモだったりする。さりげないボディタッチに私服デートのマストアイテムはミニスカート。でもなぜか本物のツンデレくんは、リンスにさっぱり興味を持ってくれなくて、今日も婚約者さんとラブラブだから攻略はまったく進んでいない。

メインの第一王子攻略は要求パラメーターの高さがまずネックになるが、好感度上げは難しいようで案外簡単。男には誰でも理想の女性像というものがあり、このゲームでは攻略者ごとにそれを演じてやれば簡単に攻略できるのだが、王子は違った。

王子の攻略方法、実はそれは「嘘をつかずに本音で語る正直な人間であること」。

ゲームの第一王子は、ゲームプレイヤーの選択肢の回答からプレイヤー自身の性格を分析するという複雑なＡＩが組まれていた。ゲーム慣れして「王子様ならこんな答えを喜ぶだろう」というのはＮＧ。「リアル私だったら、こう答えちゃうんだけどなー」というのが正解となり、ありのままの飾らない素な自分で挑まなければならない。なにがベストアンサーになるかはプレイヤーによって異なっていて、機械的なロボットではなく、現実の人間に近い調整がされていた。そのため、あるプレイヤーには「全然思い通りにならない」難易度が高いキャラであり、あるプレイヤーには「本当の私を好きになってくれる」今までにいなかった魅力的なキャラになる。そこがこれまでの乙女ゲーとは一線を画していて、そのことに気がついたプレイヤーには王子様が大人気になった。

ゲームでは攻略対象ごとに仮面をかぶりすぎて別々のキャラを演じていたリンスはここを失敗して

いて、未《いま》だに王子のことを「ベストアンサーは運任せ？」と疑っていた。クロも一番取りたいデータがそこなので、あえてリンスには教えずゲームプレイを見守っていて、ヤケになったリンスが適当な（実は本音の）選択肢を答えると攻略できちゃって驚いたりするのをにやにやしながら面白がっていた。

「王子様はなにも考えずにテキトーに答えるのが一番」と思っていたリンスは、現実に王子に出会っても、いつも澄ましてご令嬢然とした悪役令嬢にベタボレな王子がまったく理解できなくて混乱し、「ゲームと違いすぎる」とクロに文句を言ったものである。

ゲームでも現実でも、どう攻略したらいいのかさっぱりわからない王子に見切りをつけて、隠しキャラのレンに集中するリンス。

心の奥深くで姉のサランが理想の女性な隠しキャラのレンは、キャラとしての一貫性がないところが攻略を難しくしている。

自分の傲慢な生意気さを叱ってくれる年上女性に弱い一方、自分のプライドを逆なでする人間を許さないという矛盾した人間なのだ。他の攻略対象のように単純ではない。

「いかにもわがままな王子様って感じでさ、助けてくれる時だって、王子の言うことが聞けないのかーみたいにみんなを脅かすしさ、なんかがっかり……」

でも、そこを諫《いさ》めて、第二王子の成長を助け、立派な人物にしてやるのも主人公たるリンスの役目である。いつしか、第二王子を攻略し、第一王子と悪役令嬢のバカップルを見返してやるのがリンスの目標になっていた。

その成果が出るのが三年生終盤のクリスマスパーティーである。

ここでリンスはレンと同学年の一年生女子に囲まれ、詰め寄られ、第二王子にちょっかいを出していることを非難されるというゲームイベントが発生する。ワインをわざとかけられるという嫌がらせも本当に起こった。だがこれに食いついたのはなぜか同学年の攻略対象、脳筋担当だった。

「お前たちなにをやっている！」とすごみをきかせてワインをかけた一年女子の手を捕まえ、悲鳴が上がったところで、遅れてきたレンがどういうわけか、脳筋担当のアゴにストレート一発、昏倒《こんとう》させたのだ！　当然パーティー会場は騒然となり、レンは会場からリンスを連れ出してなんやかんやと世話を焼き、二人っきりの甘いやり取りもあって乙女ゲーらしいイベントは無事に終了。

後日二人の元に脳筋担当が謝罪と弁明に来た。

脳筋はリンスが以前からずっといじめを受けていたこと、あの時はリンスを助けようとしていたこと、そのいじめはリンスが元平民であることから始まっていること。どうやらその元平民いじめをやっている中心人物が悪役令嬢らしく、そのため生徒会長の第一王子はずっとそれを見て見ぬふりをしたり、密《ひそ》かに事後処理をしたり、リンスをいつも無視して名前も覚えないふりをしたりしていること。そのために一年生までもが王子や悪役令嬢の真似をしてリンスのいじめに荷担していることなど、あることないことを説明し出した。

近衛騎士を目指す脳筋にしてみれば、第一王子にも第二王子にも嫌われたのでは将来はもう絶望であり、ここでなんとしてでも取り入っておく必要があったし、リンスが同席していれば第二王子も寛大な態度をとらざるを得ないだろうという計算もあったのではと思われる。

もちろんろくな証拠も証言もなく伝聞、推測、状況証拠だけなのだが、レンは都合よくそれを信じた。リンスは横で、「わ、私の口からは申し上げることができません……」と涙ぐめば、あとはレンが「もういい、もういいんだ……」と言って抱きしめてくれた。

卒業式を前にして、ここにリンス、脳筋、レンの第二王子擁立派がついに結成されたのだ！

「兄上、許さんぞ……」

つぶやいたレンにリンスは、隠しキャラルートに入ったことを確信し、レンの胸の中でニヤリと笑った……。

☆彡彡

からん……からん……からん……。

遠くで大聖堂の鐘が鳴り響く。

それに呼応するように、市内の教会の鐘たちも、からんからんからんと鳴り出した。

王都の全ての教会の鐘が、共鳴するように街中に響いている。

「結婚式が終わったみたい」

「へー……」

オペラハウス・グローブ座の楽屋の個室、主演女優に与えられる部屋の窓を開いてリンスが顔を出す。クッションから起き上がったクロが窓枠に飛び上がって、綺麗《きれい》な衣装を着たリンスと並んだ。

「あーあーあー……。結局私の人生、バッドエンドかあ……」

「なに贅沢《ぜいたく》言ってんの。君の人生は今始まったばかりだよ。別に王子様と結婚できなかったからって、バッドエンドじゃないよ。王子様、君のこと不問にしたんでしょ？　あんなことやらかしても許してくれたんだし、男爵様とは縁を切られたのだって、元々平民だったのが元に戻っただけだし、こうして一番大きな劇場でヒロインをやれるほどの女優になったのに、なにが不満なの」

「……そりゃゲームで誰ともくっつけなかったノーマルエンドで、演劇部だったら女優になるってエンディングあったけどさあ、本当にそうなっちゃうとは思わなかったってば」

グローブ座の前の大通り。市民たちが振りまく紙吹雪が舞い、その中を、騎士隊の馬列に率いられて、先ほど結婚式を終えたばかりの王子と、プリンセスの馬車のパレードが通る。

市民たちに手を振る王子と、白いウエディングドレスを着た悪役令嬢。

「あーあー……。本当だったら、あれに乗ってるのは私だったのにい……」

最後の大博打《おおばくち》に負けたリンスが、まだ負け惜しみを言う。

「図々《ずうずう》しいなあ。もうあきらめようよリンス……」

「ぜーんぶ、アンタのせいだからね！」

「はいはい」

そうして、クロはぶるぶるぶるって、体を振った。びしょ濡《ぬ》れになって水を振り飛ばすみたいに。

「お別れだ、リンス」

「えっ！」

「ゲームは終わった。僕の役目も終わりさ。楽しかったよ、リンス」

「えええ！　そんな！」

「にゃーん」

「そんな、猫みたいな声出して！」

「にゃーん（だって僕は猫だし）」

「クロッ！」

「にゃーん（じゃあね！）」

そう言ってクロはベランダから身をひるがえして、屋根に飛び降り、さっさとリンスが見えないところまで駆け出した。

「人間って、やっぱりやっかいだな……。こうすればいいってのがわかっていても、その通りにはしちゃくれない。不確定要素が多すぎるよ。完全なシミュレーションって、やっぱりまだまだ難しいな」

オペラ座のてっぺんに登って、大通りのパレードを眺める。

「やり直しか……。プログラムを書き直して、リセットして……」

そう言って、後ろ足で頭をポリポリ掻《か》いた。

「残念だったわね、黒猫さん」

その声に驚いて、クロは振り返る。そこには美しい毛並みのメスの白猫がいた。

「だ、誰だ！」

「お初にお目にかかるわ。私はラナテス。女神ラナテスよ。この世界の管理を任されている女神」

「な……、なんだと！」

「私の世界で好き勝手やってくれたみたいだけど、そうはさせないわ。誰があんたなんかの実験に協力するもんですか」

「……今まで邪魔していたのはアンタか!?」

「邪魔？　とんでもない。私が干渉したのは、あのくだらないアンタの強制力ってやつから、王子ちゃんとお嬢ちゃんを解放してあげただけ。あの王子ちゃんはね、ぜーんぶ、自分の力だけで、運命に抗《あらが》ったわ。アンタの邪魔をしていたのはあの王子。私の手柄じゃないわね」

「お前が僕が仕掛けた強制力を……。なんでそんなことを！」

白猫はふうっとため息こぼして、ニヤリと笑った。

「頼まれたのよ。夜中に叩《たた》き起こされてね、なんなんだこんな夜に、いいかげんな話だったら天罰を与えてやるって思って聞いてみれば、王子ちゃんとお嬢ちゃんが私にお願いしてたのよ。僕たちを守ってください、結婚の誓いを聞いてくださいって」

「結婚……？　結婚って、あの二人結婚していたのか！」

白猫はふふっと笑った。まるでクロをあざけるように。

「そうよー。まだ十歳の子供が、跪《ひざまず》いて、つたない言葉で切々と、私に結婚の誓いを立てたの。その時の私の気持ちがわかる？　もう萌《も》え萌えよ！　かわいすぎるわ！　悶絶《もんぜつ》して転げまわっちゃったわ！　どーしろって言うの私に。お願い聞いてあげるに決まってるじゃないの！　全力で守ってあげるしかないじゃない。あの凶悪なかわいさに私が勝てるとでも思ってるの？　絶対無理ね」

「こ……このっ」

「あのピンク頭ちゃんも自分なりに頑張っていたみたいだから、それは許してあげるわ。ま、そこそこ幸せなエンディングでしょう。でもあの二人の邪魔はもうさせないわ。さあ、異世界のゲームマスター。あなたには元の世界に帰ってもらう。どこから来たのかは知らないけどね」

「ま、待て……」

「もう遅いわ」

クロの背後で、暗闇が急激に広がり、渦巻いた。

「うわっうわああああああああ――――――!!」

クロはひとたまりもなく、その暗黒の渦に吸い込まれ……闇と一緒に消えた。

白猫はふうっと一息ついて、屋根の上から遠ざかる二人のパレードを見送った。

「よかったわね。ずーっと見守ってきたけど、二人とも本当によくやったわ。お嬢ちゃん、辛《つら》かったでしょう。本当だったら思い出すわけがない魂の前世を、あの黒猫のゲームをやっていたせいで思い出しちゃって、未来まで決められちゃって……。でも王子ちゃんのおかげで、絶望せずに頑張ってくれて嬉《うれ》しかったわ。幸せになってね、王子ちゃん、お嬢ちゃん……」

そうして青空の下へジャンプした白猫は、光と共にその姿を白鳥のような羽を広げた美しい女神の姿に変えると、すっと、その姿を消してしまったのだった……。


—僕は婚約破棄なんてしませんからね　ＥＮＤ—

あとがき

読者の皆様のご支持のおかげで、三巻、ついに完結まで発刊することができました。ありがとうございます。

この小説を小説家になろうで公開したとき、「王子様が主人公というのが斬新で面白い」という感想をたくさんいただきました。普通なら主人公は悪役令嬢で、転生前は学生や社会人だった記憶と経験から、持ち前の知識とバイタリティで運命を変えていくはずの主人公が、このお話では心身ともにまだ十歳。一人ではその過酷な運命に抗うことができません。そのことを婚約者になる王子に正直に話してみたら……、一人の少女を不幸な運命から救うヒーローの話に変わりました。視点を令嬢から王子に変えるだけで、ここまで違う物語になるというのもまた、悪役令嬢物の自由さ、面白さなのかもしれません。

既に多くの作品がある悪役令嬢を書くにあたって、どう新しい要素を加えるか考えたのは、悪役令嬢物に登場するお約束なエピソードを一つ一つ、丹念に取り上げてみようというものでした。そうすると、今まで物語の脇役としてしか取り上げられたことがない、「王子の公務」を作品に取り入れることができました。

王子たる者の公務とは、机の上で大量の書類を決裁することじゃなく、この作品で取り上げた養護院や病院の運営でも、発明や発見でもなく、その本質は「人を動かすこと」なんだと思います。上に立つ者がやらなくてはいけないのは言葉を尽くして、多くの人に働きかけることです。これを苦労して実現させていく姿を描くことで、通常キャラ紹介で一行でしか書かれない、「なんでもできる有能な王子」という設定に、説得力を持たせることができたと思います。

今は悪役令嬢というこのジャンル、読むのも書くのも男女の区別なく楽しまれています。「誰が読むのか」を全く考えず好き勝手に書いたものでしたが、男性読者にも大変好評だったのが嬉しかったですね。一人の男の子として、誠実にヒロインである婚約者と向き合い、ヒロインを守って運命に立ち向かう主人公に多くの共感をいただきました。もし一般的な商業誌でしたら、「読者層は誰なんですか」と止められそうなコンセプト。そんな本来世に出るわけがない作品でも発表できてしまうところが、「小説家になろう」の凄いところなのかもしれません。

まさか書籍化できるなんて全く思っていませんでした！「悪役令嬢・婚約破棄」というジャンルを確立された先人の作家のみなさまと、その中で自由に物語を書くことを認めてくれて、どんな亜流も楽しんで読んでくれる読者の皆様にお礼を申し上げます。また、この作品を完結するまで書籍化に尽力してくださった一迅社様、美麗なイラストを描いてくれたＮａｒｄａｃｋ様。そして今もこの作品をコミカライズして連載を続けてくださっているオオトリ様他、この作品に関わったすべてのスタッフの方にお礼を申し上げたいと思います。三巻完結、本当にありがとうございました。

ふつつかな悪女ではございますが

~雛宮蝶鼠とりかえ伝~

著：中村颯希　　イラスト：ゆき哉

『雛宮』――それは次代の妃を育成するため、五つの名家から姫君を集めた宮。次期皇后と呼び声も高く、蝶々のように美しい虚弱な雛女、玲琳は、それを妬んだ雛女、慧月に精神と身体を入れ替えられてしまう！　突如、そばかすだらけの鼠姫と呼ばれる嫌われ者、慧月の姿になってしまった玲琳。誰も信じてくれず、今まで優しくしてくれていた人達からは蔑まれ、劣悪な環境におかれるのだが……。大逆転後宮とりかえ伝、開幕！

悪役令嬢らしいですが、私は猫をモフります

著：月神サキ　　イラスト：めろ

自分が物語の世界に転生していると気付いた公爵令嬢スピカ・プラリエ。彼女はある日、魔法学園の新入生に「悪役令嬢のあなたになんて、負けないんだから！」と言われ、この世界が『乙女ゲーム』の世界だと思い知らされる。とりあえず、婚約者であるアステール王子をヒロインに譲ればいわゆる破滅ルートから逃れられるのでは？　などと考えていた帰り道、彼女は子猫を拾う。元々の猫好きが爆発し、リュカと名付けたその子猫にメロメロなスピカだが、なぜかリュカの声が聞こえてきて――。スピカの運命、DEAD or ニャLIVE!?

第七王子に生まれたけど、何すりゃいいの？

著：籠の中のうさぎ　　イラスト：krage

生を受けたその瞬間、前世の記憶を持っていることに気がついた王子ライモンド。環境にも恵まれ、新しい生活をはじめた彼は自分は七番目の王子、すなわち六人の兄がいることを知った。しかもみんなすごい人ばかり。母であるマヤは自分を次期国王にと望んでいるが、正直、兄たちと争いなんてしたくない。――それじゃあ俺は、この世界で何をしたらいいんだろう？　前世の知識を生かして歩む、愛され王子の異世界ファンタジーライフ！

軍人少女、皇立魔法学園に潜入することになりました。

～乙女ゲーム？ そんなの聞いてませんけど？～

著：冬瀬　　イラスト：タムラヨウ

前世の記憶を駆使し、シアン皇国のエリート軍人として名を馳せるラゼ。次の任務は、セントリオール皇立魔法学園に潜入し、貴族様の未来を見守ること!?　キラキラな学園生活に戸惑うもなじんでいくラゼだが、突然友人のカーナが、「ここは乙女ゲームの世界、そして私は悪役令嬢」と言い出した！　しかも、最悪のシナリオは、ラゼももろとも破滅!?　その日から陰に日向にイベントを攻略していくが、ゲームにはない未知のフラグが発生して――。

僕《ぼく》は
婚《こん》約《やく》破《は》棄《き》なんて
しませんからね
3

初出……「僕は婚約破棄なんてしませんからね」
小説投稿サイト「小説家になろう」で掲載

2021年9月5日　初版発行

著者　ジュピタースタジオ

イラスト　Nardack《ナルダク》

発行者：野内雅宏

発行所：株式会社一迅社
〒160-0022　東京都新宿区新宿 3-1-13
京王新宿追分ビル 5F
電話　03-5312-7432（編集）
電話　03-5312-6150（販売）
発売元：株式会社講談社（講談社・一迅社）

印刷・製本：大日本印刷株式会社

DTP：株式会社三協美術

装丁：伸童舎

ISBN 978-4-7580-9396-5

おたよりの宛先
〒160-0022　東京都新宿区新宿 3-1-13
京王新宿追分ビル 5F
株式会社一迅社　ノベル編集部
ジュピタースタジオ先生・Nardack 先生